BOCCACCIO · DECAMERON
10인의 10일간 100가지 이야기

데카메론

보카치오 / 정재민 옮김

이가출판사

옮긴이 정재민은
충북 음성에서 태어나 대학에서 신학과 경영학을
전공하고 세계 각지를 다니며 선교생활을 하였다.
주요 작품으로는「언덕」「바다가 보이는 언덕」등이 있으며
번역서로는「악마의 방앗간」「죽은자를 위한 미사」

10인의 10일간 100가지 이야기 데카메론

글 | 보카치오
옮긴이 | 정재민
펴낸이 | 최병섭
펴낸곳 | 이가출판사
초판발행 | 2004년 7월 28일
출판등록 | 1987년 11월 23일(제1-547호)
주   소 | 서울시 마포구 합정동 368-54 대호빌딩 101호
대표전화 | 02)335-3767
팩시밀리 | 02)335-3768

〈값 8,500원〉

잘못된 책은 바꿔드립니다.

ISBN | 89-7547-065-2 03880

여기에 수록된 것은
100편의 이야기 중에서 가장 재미있고 상징적인 것
23편만을 골라 엮은 것입니다.
중간중간의 군더더기 같은 중복설명을
과감하게 삭제하여
재편집한 것임을 밝힙니다.

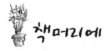

괴로운 사람들에게 위안을 주는 것이 인정입니다. 이 인정은 괴로움을 겪는 모든 분들께 필요하고 나 또한 예외는 아닙니다.

나처럼 낮은 신분의 소유자가 이런 이야기를 하는 것은 어느 모로 보나 어울리지 않습니다만 나는 젊었을 때부터 줄곧 신분이 높고 아주 귀한 분을 남몰래 사랑했습니다. 내가 비록 지식인들 사이에 알려지고 칭찬 받고는 있었지만 그녀와 사랑을 나누지는 못했습니다.

그것이 그녀가 무정해서는 아닙니다. 하지만 도무지 이루어지기 힘든 일인데도 나는 가슴속의 사랑이 미친 듯이 끓어올라 심한 괴로움을 느끼지 않을 수 없었습니다.

그렇게 괴로워하고 있을 때에 내 친구들은 나에게 아주 재미있고 신나는 이야기를 해주어 나에게 위안을 주었습니다. 그 덕분에 난 아직까지 죽지 않고 살아있는 것입니다.

그래서 나는 그 어떤 위험이나 충고에도 꺼지지 않던 내 사랑의 불길이 차츰 사그라지기 시작했던 것입니다.

이렇듯 사람이 세상을 살아감에 있어 지극히 위험한 결단은 피해야 하며 그렇게 하다보면 하느님이 지켜주신다는 것을 가슴깊이 느꼈습니다. 그래서 옛날 그토록 어렵고 괴로운 가운데에서도 사랑했던 기억을 아름다운 추억으로 남길 수 있었습니다.

난 결코 친구들의 우정에 대해, 그리고 하느님의 은총에 대해 잊지 않겠습니다. 그것이 나의 도리이며, 만약 내가 그것을 잊어버린다면 그건 있을 수 없는 죄라고 생각됩니다.

난 그런 인간이 되지 않기 위해, 내가 받은 은총을 세상에 조금씩이나마 나누어주고자 이 글을 쓰고 있습니다. 비단 나에게 도움을 주었던 친구들뿐만 아니라 위안을 필요로 하는 모든 분들께 말입니다.

그런데 내가 나누어주려는 위안은 남성보다는 여성에게 더 필요한 것입니다. 왜냐하면 정숙한 여인이나 기품 있는 부인들은 언제나 겉으로는 수줍어하지만 가슴속으로는 은밀하게 뜨거운 사랑을 불태우고 있기 때문입니다.

그것이 얼마나 강렬한 것인가에 대해서는 그것을 경험했거나 현재 느끼고 있는 분들은 잘 알고 계실 줄 압니다. 특히 부인들은 가족들의 기분이나 일에 얽매여 언제나 방안에 틀어박혀 온종일 이제까지 해온 일과 앞으로 해야 할 일에 매여 재미없고 걱정스런 공상만을 되풀이 할 뿐입니다. 이런 일이 되풀이되다 보면, 그 불만이 가슴 깊은 곳에 응고되어 버리고 마는 것입니다.

물론 그것은 남자보다 여자가 더 견디기 힘든 것이지요. 남자들이야 마음속으로 사랑에 빠졌다손 치더라도 그것을 가볍게 여기거나 그게 잘 안되면 산책을 한다든가 친구들과 사냥을 나간다든가 다른 일에 정신을 쏟는다든지 하여 해소를 시키게 마련이지요.

다행이 나도 이같은 방법으로 다소나마 기분을 달랠 수 있었지만 여성들은 입장이 좀 다르지요. 부드러운 마음을 지닌 여성들은 마음의 의지가 애석할 만큼 약하다는 것입니다.

이와 같은 이유로 나는 마음 속으로 사랑을 하였거나 하는 분들께, 그리고 그로 인하여 괴로움을 겪는 분들께 위안을 주려고 이야기를 시작할까 합니다.

이 이야기는 1348년 이탈리아의 플로렌스 지방에 흑사병이 번져 인구가 절반이하로 줄어드는 대참사가 발생했을때 그곳을 피해 온 일곱 명의 귀부인과 세 젊은이들이 모여 열흘 동안 이야기한 것입니다.

이 가운데는 우화와 역사적인 이야기가 있고 옛날과 현재의 이야기도 있습니다. 때로는 안타까운 것도 있고 가히 경하할 만한 것도 있습니다.

지금 우울증에 걸린 여성이 이 글을 읽는다면 즐거운 웃음뿐만 아니라 유익한 지혜를 얻게 될 것이며 괴로움에서 해방될 것입니다.

구태여 이야기할 필요는 없겠지만 여기서 일어나는 일 중에서 여러분이 피해야 할 것은 저절로 판단될 것입니다. 아무튼 갇혀 고통을 당하시는 여성들에게 해방감과 대리 경험을 통한 기쁨을 맛보게 허락해 주신 하느님께 감사드릴 뿐입니다.

Giovanni Boccaccio

Giovanni Boccaccio
첫 번째 이야기

나폴리 근처에 이스키아라는 섬이 하나 있었습니다. 그 섬에는 마린 볼가로라는 귀족의 딸인 레스티투타라는 대단히 아름답고 매력적인 아가씨가 살고 있었습니다.

또한 근처의 프로치다라는 작은 섬에 살고 있는 쟌니라고 하는 청년이 있었는데 그는 자기 생명보다도 그녀를 더 사랑하고 있었습니다. 그는 배를 구할 수 없는 밤에도 그녀가 살고 있는 집이라도 보고 싶은 마음에 그곳까지 헤엄쳐 간 일도 있었습니다. 이렇듯 그의 열렬한 사랑에 감동되어 그녀 또한 그를 사랑하게 되었습니다.

그들의 열렬한 사랑이 계속되고 있던 어느 날, 그녀 혼자 해안에 나와 바위에서 바위로 건너뛰며 작은칼로 바위의 조개를 따고 있었습니다. 그러다가 바위와 바위 사이의 길을 따라 작은 골짜기로 나오고 말았습니다. 그곳은 응달이 져 있고 신선한 샘물이 솟아 나오고 있었기 때문에 때마침 나폴리에서 온 시칠리아의 젊은이들이 배를 대고 잠시 머무르고 있었습니다.

그들은 아름다운 여인이 나타나자, 그리고 곧 그녀가 혼자라는 것을 알고는 붙잡아 가기로 결정했습니다.

그녀는 놀라서 큰소리를 내며 그들에게서 도망치려 몸부림을 쳤지만 결국 젊은이들의 억센 힘에 끌려가고 말았습니다. 그들은 처녀를 배에 싣고 그대로 떠나버렸습니다.

그들은 칼라브리아에 도착하자 누가 그녀를 차지할 것인가 하는 문제로 서로 의논했지만, 누구나 양보하는 사람이 없었습니다. 결국 좀처럼 의견이 일치하지 않자 여자 하나 때문에 자기들의 사이가 깨지는 것을 원치않아 시칠리아의 국왕 페데리고에게 바치기로 결정했습니다.

당시 국왕은 젊어서 그런지 여자라면 사족을 못 쓸 정도로 좋아했습니다. 이리하여 그들은 팔레르모에 도착하자 그녀를 국왕 페데리고에게 바쳤습니다.

국왕은 그녀를 몹시 마음에 들어했습니다. 그러나 그때

당시 왕의 몸이 좋지 않았기 때문에 건강이 회복될 때까지 자기 정원 안에 있는 쿠바라 불리던 아름다운 저택에 살게 했습니다. 뿐만 아니라 그녀가 편히 지낼 수 있도록 시녀까지 딸려 보냈습니다.

한편 이스키아에서는 젊은 처녀가 유괴되었다는 소문으로 마을 전체가 큰 소동이 벌어졌습니다. 특히 사람들을 슬프게 한 것은 누가 유괴했는지를 전혀 모른다는 것이었습니다.

그러나 누구보다도 가슴이 아픈 사람은 그녀의 애인 쟌니였습니다. 그는 이스키아에서는 도저히 아무것도 알아낼 수 없을 것 같아, 배가 어느 방향으로 사라졌는지를 알아내고는 배를 마련해 무장을 하고는 그 근방의 해안을 샅샅이 뒤지며 돌아다녔습니다.

그녀의 행방을 찾고 있는 중에 마침내 그녀가 시칠리아의 선원들에 의해 팔레르모로 끌려갔다는 사실을 알아냈습니다.

쟌니는 곧 팔레르모에 도착하여 사방으로 찾아 돌아다닌 끝에 그녀가 국왕에게 바쳐져 쿠바에 들어가 있다는 사실을 알아냈습니다. 일이 이쯤 되고 보니 그녀를 되찾기는커녕 얼굴 한 번 볼 수조차 없게 되어 완전히 절망하고 말았습니다.

그러나 끝내 그녀를 포기하지 못한 그는 배를 그냥 돌려보내고 팔레르모에 머무르며 쿠바 주위를 배회하는 것이 그의 하루 일과였습니다.

그런데 어느 날, 우연히 창가에 있는 그녀의 모습을 보았습니다. 그녀 역시 그를 알아보고는 하늘에라도 오를 듯이 기뻐했습니다.

쟌니는 곧 주위에 아무도 없는 것을 확인하고 창가로 가까이 다가가 말을 걸었습니다.

"오, 레스티투타! 그대가 유괴된 것을 알고 얼마나 슬퍼했는지 모르오. 그대 곁으로 가려면 어떻게 해야 되는지 그 방법을 가르쳐 주오."

그녀 또한 그의 사랑에 감동되어 눈물을 흘리며 그 방법을 알려주었습니다. 그녀의 말을 들은 쟌니는 그곳의 지리를 자세히 살핀 후 그 자리를 떠났습니다.

이윽고 밤이 되자, 다시 그곳으로 돌아온 쟌니는 딱따구리조차도 발붙이기 힘든 깎아지른 절벽을 간신히 기어올라 뜰 안으로 들어갔습니다. 그리고 통나무를 이용해 그녀가 가르쳐 준 방의 창문으로 손쉽게 기어올랐습니다.

한편 지난날 쟌니에게 무정한 듯한 태도를 취해왔던 그녀였지만 지금 이 상황에서 자기 몸을 맡길 사람은 쟌니 외에는 없다고 생각했습니다. 그래서 그가 오면 데리고 도망쳐 달라고 부탁하리라 생각하고 그가 바라는 어떤 일에도 응하고 그를 기쁘게 해 주려고 마음먹고 있었습니다.

창 앞에 다다른 쟌니는 열린 창문으로 쉽게 안으로 들어 갈 수 있었습니다. 그는 조용히 자기만을 기다리고 있는 그녀를 가만히 안아주었습니다. 그러자 그녀는 자기의 생각을 고백하고, 제발 여기서 자기를 구출해 달라고 애원했습니다.

그 말을 듣고 쟌니는 뛸 듯이 기뻐하며, 여기서 일단 돌아가서 모든 준비를 갖추고 곧 그녀를 데리고 나가겠노라고 대답했습니다.

이렇게 약속한 그들은 서로 껴안으며 자리에 누웠습니다. 이리하여 몸과 몸이 맞닿는 환희의 절정에 오른 그들은 사랑의 최고의 즐거움을 맛보았습니다. 이렇듯 두 사람은 그칠 줄 모르는 즐거움을 되풀이하고 있는 동안에 그냥 서로 껴안은 채 곤히 잠들어 버렸습니다.

한편, 그녀의 아름다움에 홀딱 반했던 국왕은 자기 몸도 어느 정도 좋아진데다 문득 그녀가 보고 싶어 이른 새벽이지만 그녀 곁에서 지낼 것을 마음먹고는 시종을 데리고 가만히 쿠바로 갔습니다. 저택 안으로 들어선 그는 커다란 촛대를 들고 그녀가 잠들어 있는 침실 문을 열었습니다. 그런데 이게 웬일입니까? 침대 위에는 처녀가 발가벗은 남자와 껴안은 채 잠들어 있는 것이었습니다.

그 꼴을 본 국왕은 무서운 분노로 치를 떨었습니다. 너무

격노한 나머지 허리에 차고 있던 단검을 뽑아 단숨에 둘 다 죽여 버리려고 했습니다.

그러나 알몸으로 자고 있는 두 남녀를 죽인다는 것은 일국의 국왕으로서 비겁하기 그지없는 일이라 생각하여 마음을 고쳐먹고 많은 사람들 앞에서 화형에 처하리라 생각했습니다.

그는 시종에게 이렇게 물었습니다.

"너는 이 몹쓸 계집을 어떻게 생각하느냐? 나는 이 계집이 몹시 마음에 들었다. 또 감히 궁 안에까지 숨어들어 나에게 이런 모욕과 불쾌감을 준 이놈이 누군지 아느냐?"

두려움에 벌벌 떨고 있던 시종은 전혀 보지도 못한 놈이라고 대답했습니다.

국왕은 매우 불쾌한 얼굴로 방을 나가며 명령했습니다.

"두 남녀를 발가벗긴 채 묶어 날이 새면 광장으로 데려가 높은 막대기에 등을 맞대어 동여매라. 그리고 아침 9시까지 온 나라 사람들에게 보이도록 하고 그 죄의 대가로 화형에 처하도록 하라."

왕은 이렇게 명령하고는 아직 노여움이 풀리지 않은 채 궁으로 돌아갔습니다.

국왕이 나가자 시종들이 즉시 그들에게 달려들어 인정사정없이 붙잡아 묶었습니다. 단잠을 자고 있던 연인들은 갑

작스런 일에 당황하여 어쩔 줄을 몰라했습니다. 다만 자기
들에게 닥친 불행과 죽음의 공포로 그만 울음을 터뜨리고
말았습니다.

두 사람은 왕의 명령대로 끌려가 광장 기둥에 묶였습니
다. 그들의 눈앞에는 산더미같이 쌓여진 장작에 이미 활활
타오르는 불이 준비되어 있었습니다.

광장 안의 사람들은 두 사람을 구경하기 위해 모여들었
습니다. 남자들은 처녀의 아름다운 모습에 매혹되어 저마다
칭찬을 아끼지 않았고 여자들은 여자들대로 잘생긴 젊은이
의 얼굴과 늠름한 체격을 보고 그저 경탄할 뿐이었습니다.

그러나 불행한 연인들은 부끄러운 나머지 머리를 숙인
채 들지도 못했습니다. 그리고 시시각각으로 다가오고 있
는 자신들의 죽음을 기다리며 슬퍼했습니다. 이렇게 두 사
람이 형의 집행을 기다리고 있는 동안 그들이 저지른 죄상
은 온 거리에 공시되어 퍼져 있었습니다.

이 때 왕국의 해군 제독이며 대단히 뛰어난 인물로 알려
졌던 룻지에리의 귀에도 그것이 전해졌습니다 그는 광장에
이르러 그 처녀의 아름다움에 눈이 휘둥그레지지 않을 수 없
었습니다. 또한 젊은이를 보자 금방 그가 누구인지 알고 더
욱더 놀랐습니다. 그는 가까이 다가가 쟌니에게 물었습니다.

"혹시, 너는 쟌니 프리치다가 아니냐?"

쟌니는 얼굴을 들고 상대가 제독임을 알고 이렇게 대답했습니다.

"네, 맞습니다. 제가 쟌니 프리치다입니다. 하지만 이제는 소용이 없습니다. 저는 곧 죽을 목숨입니다."

"아니, 도대체 이것이 어찌된 일인가?"

제독은 안타까워하며 물었습니다.

"사랑과, 국왕의 노여움 때문입니다."

"이보게, 쟌니. 나에게 좀더 자세히 얘기해 주게."

제독은 쟌니에게서 사건의 전말을 모두 들은 다음 그 자리를 곧 떠나려 했습니다. 이때 쟌니가 황급히 그를 불렀습니다.

"각하, 저에게 이 같은 형벌을 내리신 국왕께 선처를 부탁드려 주실 수는 없는지요."

"아니, 그건 무슨 뜻인가?"

"저는 이제 곧 화형을 당할 것입니다. 그러니 저의 마지막 소원을 들어 주십시오. 저는 이 아가씨를 제 목숨보다도 더 사랑하고 있습니다. 그녀 또한 마찬가지입니다. 그런데 이처럼 저는 제 여인에게 등을 돌리고 그녀 역시 내게 등을 돌리고 있습니다. 마지막으로 서로 마주볼 수 있도록 해주었으면 하는 것입니다. 서로 얼굴을 마주 보면서 평화롭게 죽고 싶습니다."

제독은 싱긋 웃으며 말했습니다.

"음, 좋다. 그러면 앞으로 신물이 나도록 그녀 얼굴을 볼 수 있도록 해주지."

이렇게 말하고 그는 형 집행자에게 국왕의 특명이 있을 때까지 처형해서는 안 된다고 엄명했습니다. 그리고 곧장 그 길로 국왕한테로 갔습니다. 국왕은 아직 노여움을 거두지 않고 있었지만, 제독은 왕의 얼굴을 살피며 두 죄수에 대해 물었습니다.

"폐하, 화형에 처해지기 위해 광장에 묶여 있는 두 죄수는 무슨 일로 폐하의 노여움을 샀습니까?"

국왕은 불쾌하다는 표정으로 그 일에 대해 자세한 얘기를 해 주었습니다. 왕의 말을 듣고 난 제독은 이렇게 말했습니다.

"두 사람이 저지른 죄는 마땅히 처벌을 받아 마땅합니다. 그러나 폐하께서 그들을 벌하시는 것을 거두어 주시기 바랍니다. 그들의 과실은 모름지기 벌받아 마땅하오나, 폐하께서 화형에 처하시려는 그 두 사람이 어떤 자인지 아십니까?"

"아니, 전혀 모르는 자들이오."

"그럼 제가 말씀드리겠습니다. 제 얘기를 들으시면 폐하께서 저 두 사람에게 화형 명령을 내리신 것이 잘못되었다는 것을 아실 겁니다. 그 젊은이는 폐하께서 이 섬의 지배자가 되시고 군주가 되시는 데 큰공을 세웠던 쟌 디 프로치다의 형제 란돌포 디 프로치다의 아드님입니다.

또 그 처녀는 오늘날 아직까지도 왕의 지배가 이스키아에 미치도록 크게 힘이 되신 마린 볼가로의 딸입니다.

그뿐만 아니라 두 사람은 오랫동안 서로 사랑하고 있었습니다. 그러니 그들의 행동은 오직 사랑으로 인한 것이지 결코 폐하의 위신을 더럽히려는 행위가 아니었습니다. 그러므로 오히려 매우 기뻐하시어 축복해야 할 일이거늘 어찌하여 폐하는 그들을 화형에 처하려고 하시나이까?"

국왕은 이 놀라운 사실을 듣고는 잔혹한 형에 처하려고 했던 일을 몹시 후회했습니다. 국왕은 당장 사자를 보내어 두 사람의 포박을 풀고 자기 앞으로 데려오도록 명했습니다.

이리하여 두 사람의 사정을 잘 알게 된 국왕은 자기가 저지른 잘못의 보상으로 그들에게 훌륭한 명예와 많은 선물을 주기로 했습니다.

뿐만 아니라, 두 사람 모두 결혼할 의사가 있음을 알고는 모든 사람이 축복하는 가운데 아주 성대한 결혼식을 올려주었습니다.

이렇게 고향으로 돌아온 두 사람은 성대한 환영을 받고 오래도록 행복하게 지냈다고 합니다.

Giovanni Boccaccio

두 번째 이야기

지금은 없어졌습니다만, 루니지아
나라는 곳에 수도사를 많이 둔 신성한 수도원이 있었습니
다. 그곳에 젊은 수도사 하나가 있었는데, 그 혈기에서 넘
쳐흐르는 육욕은 단식을 하고 철야를 해도 도대체 소모되지
않았습니다.

어느 날, 다른 수도사들이 모두 낮잠을 자고 있는 오후에
젊은 수도사는 수도원 근처를 산책하고 있었습니다.

그 근처는 쥐 죽은 듯 고요한 장소였는데 우연히도 이 수
도사는 매우 아름다운 처녀와 딱 마주쳤습니다. 아마도 근
처에 사는 농부의 딸로, 밭에 채소를 뜯으러 나왔던 모양입

니다. 젊은 수도사는 이 처녀를 보자 첫눈에 그만 심한 욕정에 사로잡히고 말았습니다.

그래서 처녀에게 다가가 말을 걸었는데, 서로 뜻이 맞아서 아무도 몰래 그는 그 처녀를 자기 방에 데리고 들어올 수가 있었습니다. 그리고는 미칠 듯 욕정이 치솟는 대로 그녀와 즐기고 있었는데, 이때 마침 낮잠에서 깨어난 원장이 그 방 앞을 지나다가 두 사람이 내는 이상한 소리를 듣고 말았습니다.

원장은 그 소리가 무슨 소리인지 확인하기 위해 방문 앞에 다가가 귀를 기울였습니다. 그러자 안에서 틀림없는 여자 소리가 들려왔으므로, 문을 확 열고 들어가려다 생각을 돌려 자기 방으로 돌아가 수도사가 나오기만을 기다렸습니다.

한편 젊은 수도사는 처녀와 즐기느라고 정신이 없었지만, 역시 불안한 마음은 씻을 수가 없었습니다. 그러다가 복도에서 발소리가 들리는 듯했으므로, 조그만 틈새에 눈을 갖다 대고 밖을 내다보니 원장이 귀를 기울이고 엿듣고 있는 모습이 보였습니다. 자기 방에 젊은 여자가 있다는 것을 원장이 알아버린 것입니다.

이렇게 된 이상 얼마나 엄한 벌이 기다리고 있을지를 잘 알고 있는 젊은 수도사는 여자에게 그런 눈치는 조금도 보이지 않고, 어떻게든 벌을 면할 방법이 없을까 하고 재빨리 머릿속으로 궁리해 보았습니다. 그러다가 마침내 그럴 듯한 묘책 하나가 떠올랐습니다. 그래서 이제 더 이상 그녀와 함께 있을 수 없다는 것을 처녀로 하여금 깨닫게 하면서 말했습니다.

"어떻게 하면 그대가 사람들한테 들키지 않고 여기서 나갈 수 있을지 방법을 찾으러 나갔다 올 테니, 내가 돌아올 때까지 여기서 가만히 기다리고 있어요."

이렇게 말하고 젊은 수도사는 자기 방에 자물쇠를 채우고는 그 길로 원장 방으로 갔습니다. 누구나 외출할 때는 열쇠를 원장에게 맡기게 되어 있으므로 원장에게 열쇠를 내밀면서 시치미를 떼고 말했습니다.

"원장님, 제가 오늘 아침 패어 놓은 장작을 전부 가져오지 못했습니다. 허락해 주신다면 지금 숲에 가서 나머지 장작을 가져올까 합니다."

원장은 젊은 수도사가 자기에게 들킨 것을 모르고 있는 줄 알고 기꺼이 열쇠를 받고 싱글벙글 웃으면서 즉시 허락해 주었습니다. 그리고 그가 나가는 것을 보고, 그를 처벌할 때 불평불만의 소리가 나오지 않도록 수도사 전원이 보는 앞에서 그의 방문을 열어 그가 저지른 죄과를 똑똑히 보이는 편이 좋은지, 아니면 먼저 그 처녀에게 어째서 이렇게 되었는지 사정부터 물어보는 편이 좋은지, 둘 중 어느 쪽을 택해야 할 것인가를 곰곰이 생각했습니다.

그런데 만일 여자가 수도사들 앞에서 수치를 당해서는 안 될만한 집안의 부인이거나, 아니면 알만한 사람의 딸이라면 어떻게 하나 하는 생각이 들어서, 먼저 그 여자의 신분부터 조사해보고 그런 다음에 결정을 내리는 것이 옳다고 판단했습니다. 그래서 원장은 살며시 젊은 수도사의 방으로 가서 문을 열고 안으로 들어가 방문을 잠갔습니다.

처녀는 원장이 들어온 것을 알고 그만 당황하고 너무나 부끄러워서 울음을 터뜨려 버렸습니다. 원장은 여자를 보니 너무나 싱그럽고 아름다운 처녀였으므로, 아무리 나이는 먹었다해도 젊은 수도사 못지 않게 욕정이 발동했습니다. 그래서 저도 모르게 혼잣말로 중얼거렸습니다.

"아아, 눈앞에 마련되어 있는 이 즐거움을 어찌 난들 취할 수 없단 말인가? 언제나 불쾌한 일과 성가신 일만 일어나고 있는 생활인데….

참으로 아름다운 처녀로군. 게다가 이렇게 고운 여자가 여기 있다는 걸 아무도 모르지 않은가. 마음대로 즐거움을 맛볼 수 있는데 맛보지 않을 필요가 어디 있지? 이런 경우엔 누구나 어쩔 수 없을 것이다. 정말 성자라도 어쩔 수 없을 것이다. 이런 절호의 기회는 두 번 다시 오지 않으리라. 하느님이 행운을 내려주실 때 받아들이는 것도 현명한 판단일 것이다."

이런 말을 제멋대로 중얼거리면서 들어왔을 때와는 정반대의 기분이 되어 여자에게 다가가서 울지 말라고 부드럽게 달래기 시작했습니다. 그리고 이렇게 저렇게 말을 바꾸어 자기의 소망을 호소했습니다. 물론 그 처녀는 목석이 아니었으므로 마침내 마음을 움직여 원장의 소원을 들어주었던 것입니다. 원장은 침대에 반듯이 누워 그녀를 껴안고 몇 번이나 입을 맞추었습니다.

그리고 자기의 위엄과 처녀의 어린 나이를 생각해서인지, 아니면 자기 몸이 너무나 무거워서 여자가 싫어할 것을 꺼려했던지, 여자 위에 타지 않고 자기 가슴 위에 그녀를 올려놓고는 오랫동안 즐거움에 잠겼습니다.

한편 숲에 가는 체하던 젊은 수도사는 근처에 숨어 있다가 원장이 혼자서 자기 방으로 들어가는 것을 확인하고는 그제야 마음을 놓고 자기의 계획이 성공했다고 생각했습니다. 더욱이 안으로 열쇠가 채워진 것을 확인하고 그 확신은 더욱 굳어졌습니다. 그래서 숨어 있던 곳에서 나와 살며시 문틈에다 눈을 대고 방안에서 원장이 행동하고 말하는 것을 모두 보고 들었습니다.

원장은 이만하면 충분히 만족하다고 생각하고 여자를 그대로 가두어 놓은 채 자기 방으로 돌아갔습니다.

잠시 후에 젊은 수도사의 목소리가 들리자, 원장은 그 처녀를 혼자서 독차지할 생각으로 젊은 수도사를 호되게 꾸짖은 뒤 감금처분을 내릴 작정이었습니다. 그래서 그를 불러들여 일부러 엄숙한 표정과 엄한 말투로 꾸짖고는 감금처분을 내린다고 선고했습니다.

그러자 젊은 수도사는 기다리고 있었다는 듯이 말했습니다.

"원장님, 저는 아직 이 신성한 성 베네딕트 파의 교단에 들어온 지 얼마 되지 않아서, 이 교단의 특성을 잘 알지 못하고 있습니다. 그리고 원장님은 단식이나 철야와 마찬가지로 수도사는 여자의 수업을 해야한다고 가르쳐 주시지도 않았고요. 하지만 오늘 원장님이 시범을 직접 보여주셨으니 허락해 주신다면 앞으로는 실수 없이 제가 본 원장님의 행위를 저도 그대로 행해 나갈까 생각하고 있습니다."

눈치 빠른 원장은 그 젊은 수도사가 이 방면에 자기보다 한 수가 높을 뿐 아니라 자기가 한 짓을 전부 보았다는 것을 깨달았습니다. 그래서 자기 죄에 대한 양심의 가책을 받아 마땅히 자기도 받아야 하는 벌을 그에게만 주려고 한 것을 부끄럽게 생각했습니다.

결국 그를 용서해 주기로 하고 그가 본 것을 비밀에 부치기로 하고 살며시 여자를 밖으로 내보내 주었습니다. 그 후 그들이 이따금 그 여자를 수도원으로 불러들였을 것은 두말할 나위도 없는 일이겠지요.

Giovanni Boccaccio
세 번째 이야기

신성하기로 이름난 한 수녀원
이 있었는데, 그 수녀원에는 모두 여덟 명의 젊은 수녀들과
원장 수녀, 그리고 정원을 손질하는 키가 자그마한 누토라
는 이름의 정원사가 한 사람 있었습니다. 남자라고는 이 정
원사와 관리인뿐이었지요.

　그런데 정원사는 급료가 적은 것에 불만을 갖고 고향으
로 돌아가 버렸습니다. 고향으로 돌아오니 사람들이 그를
반가이 맞이하였습니다. 그 중에서도 남자답게 몸집도 크
고 튼튼해 보이는 젊은 농부가 한 사람 있었습니다. 그의
이름은 마제토였습니다.

마제토가 물었습니다.

"지금까지 그렇게 오랫동안 어디에 가 계셨습니까?"

"수녀원에 있었네."

누토가 대답하자, 마제토가 다시 물었습니다.

"거기서 무슨 일을 하셨습니까?"

"그곳에 있는 정원에서 일했지. 정원 일 외에도, 때론 나무를 하러 가기도 하고, 물을 길어 오기도 하고, 그밖에 여러 가지 잡일을 했었지.

하지만 수녀들이 급료를 하도 박하게 줘서 구두 한 켤레도 제대로 사 신지도 못했어. 게다가 더 참을 수 없었던 건 그곳 수녀들이야.

모두 젊은 수녀들인데, 분명히 그들 몸에는 악마가 들어 있다구. 내가 무엇을 해도 그녀들은 마음에 들어하지 않는단 말이야. 한 수녀가 '이걸 여기 놔줘요' 하고 말해서 그렇게 하면, 다른 수녀가 와서 '이건 저기에 놔요' 하고 옮기게 하거든.

그뿐이 아니야. 내가 밭을 일구고 있는데 다른 수녀가 와서는 '이렇게 하면 안 돼요' 하며 내 손에서 괭이를 빼앗아 가는 거야. 나 원 참 기가 막혀서. 그런 일이 한두 번이 아니야. 그래서 너무 화가 나서 그만 밭에서 뛰쳐나와 버렸지. 그리고는 그곳에 더 이상 있고 싶지않아 돌아와 버린 거야.

그런데, 내가 떠나올 때 관리인이 뭐라 그랬는지 아는가? 적당한 사람이 있거든 보내달라는 거야. 건성으로 약속은 했지만, 하느님이라면 모를까 그런 일을 대신할 사람이 어디에 있겠는가?"

누토의 말을 듣고 있던 마제토는 젊은 수녀들과 함께 지내고 싶은 달콤한 욕망이 저절로 솟구쳤습니다. 그리고 그 욕망을 실천에 옮기는 것이 전혀 불가능할 것 같지도 않았습니다.

속으로 그런 마음을 먹고 있는 마제토는 누토에게 말했습니다.

"그거 정말 잘하셨습니다. 남자 혼자, 그것도 까다로운 수녀들과 함께 지낸다는 것은 정말 힘든 일이죠. 그러려면 차라리 악마와 함께 사는 편이 낫겠죠. 수녀들에게 의미 있는 건 오로지 종교뿐이니까요."

말은 그렇게 하면서도 마제토는 속으로 어떻게 하면 수녀들과 함께 살 수 있을까 하고 궁리하기 시작했습니다.

그는 자기도 누토가 하던 정원사 일은 충분히 할 수 있다고 생각했으나, 자기의 젊고 잘 생긴 용모 때문에 수녀원에 채용되지 않을지도 모른다는 걱정을 했습니다. 한참 궁리 끝에 마침내 묘안이 하나 떠올랐습니다.

'옳거니. 그곳은 여기서 꽤 멀리 떨어져 있으니 아무도 나를 아는 사람이 없으니까 벙어리 노릇을 하면 되겠군. 그러면 채용해 줄지도 몰라.'

이렇게 다짐한 그는 아무에게도 어디로 간다는 말도 없이, 도끼를 메고 수녀원을 찾아갔습니다.

그가 수녀원에 도착했을 때 마침 정원에 있는 관리인을 만났습니다. 운이 좋다고 생각한 그는 벙어리 흉내를 내며 '제발 먹을 것을 주십시오, 그 대신 장작을 패드리겠습니다' 라고 손짓 발짓을 하였습니다.

관리인은 기꺼이 먹을 것은 준 다음 누토가 패다만 통나무 몇 개를 가져왔습니다. 힘이 센 마제토는 한 시간도 안 되어 그 통나무를 모두 잘게 쪼개 놓았습니다.

마제토는 정말 벙어리처럼 묵묵히 그 일을 잘 해냈습니다. 그것을 보고 관리인은 여러 가지 밀렸던 일도 시킬 겸, 마제토를 수녀원에 며칠 묵게 했습니다.

며칠 뒤 마제토는 드디어 원장 수녀의 눈에 띄었습니다. 잘 생긴 마제토를 본 원장 수녀는 관리인에게 물었습니다.

"이봐요, 집사. 저 젊은이는 못 보던 사람인데 여긴 어떻게 들어왔죠?"

"원장님, 저 사람은 벙어리에 귀머거리입니다. 며칠 전에 구걸을 하러 왔기에 먹을 것을 주고 밀린 일을 시켰지요. 만일 저 사람이 밭일도 할 줄 알고 여기 있고 싶어한다면, 우리는 좋은 머슴을 얻는 거랍니다. 마침 일손이 부족한 데다가 저 사람은 힘도 아주 좋아서 여러 가지 일을 시킬 수 있을 것 같아요. 게다가 벙어리이니 이곳 젊은 수녀들을 희롱할 걱정도 없고 말입니다."

원장 수녀는 안심하며 말했습니다.

"그래요? 저 사람이 일을 잘할 것 같거든 채용하도록 해요. 우선 새 신발과 두건을 주고, 맛있는 음식을 주며 잘 달래봐요."

"알겠습니다, 원장님."

그때 그곳에서 그리 멀지 않은 곳에 있던 마제토는 마당을 쓰는 체하면서 두 사람의 말을 모두 들었습니다. 그는 빙그레 웃으며 혼자 중얼거렸습니다.

"일이 잘 돼가는군. 여기 있게 해 준다면, 그 누구보다도 훌륭하게 밭을 갈아주지."

관리인은 마제토가 일하는 모습을 보고 무척 만족해했습니다. 그는 마제토에게 손짓으로 여기 있을 생각은 없느냐고 물었고, 마제토도 손짓으로 있고 싶다고 대답했습니다. 관리인은 그를 채용하기로 하고 밭일과 자질구레한 잡일을 시킨 후 그를 남겨 놓고 잠시 외출을 하였습니다.

마제토가 이렇게 날마다 일을 하고 있을 때, 수녀들은 벙어리에 대해서 흔히 그렇듯이 그를 따라다니며 놀리기 시작했습니다. 또한 그가 듣지 못하므로 아주 천한 말을 예사롭게 그에게 퍼부었습니다. 그래도 원장은 그에게 혀가 없듯이, 꽁지도 없는 줄 알았던지 그런 것은 조금도 개의치 않았습니다.

그런데 어느 날이었습니다. 힘든 일을 마치고 마제토가 잠시 쉬고 있는데 수녀 두 명이 그에게 가까이 다가왔습니다. 이를 눈치 챈 그는 얼른 잠든 체했습니다.

다가온 두 수녀는 그를 아래위로 훑어보더니 그 중 한 명이 먼저 입을 열었습니다.

"당신이 비밀을 지켜 준다면, 평소에 내가 생각하고 있던 말을 하겠어요. 이 얘긴 아마 당신 마음에 들 거예요."

그러자 상대편 수녀가 곧 대답했습니다.

"안심하고 말하세요. 절대로 아무에게도 말하지 않을 테니까."

"당신은 어떻게 생각하고 있는지 모르지만, 그만큼 우린 지루하고 따분한 생활을 강요당하고 있다구요. 그런데, 자주 여기 찾아오는 부인들한테서 들은 얘기지만, 이 세상에서 남자와 여자가 하는 즐거움만큼 좋은 것은 없대요.

그래도 우리는 다른 남자와 그런 짓을 할 수는 없으니까, 나는 이 벙어리와 한번 시험해 봐야겠다고 생각했어요. 그야말로 이 남자가 제일 편리하거든요. 말하고 싶어도 남에게 말할 수가 없으니까 말이에요. 그리고 모자라 보이긴 하지만 얼굴도 잘 생기고 체격도 꽤 좋고 아주 쓸만한 젊은이잖아요? 당신은 어떻게 생각하세요?"

"어머! 무슨 그런 말씀을 하세요? 우리는 이미 하느님께 순결을 약속했잖아요?"

"당신은 정말 답답하군요. 날마다 얼마나 많은 일들이 약속되고 있습니까? 하지만 무엇 하나 제대로 지켜지고 있지 않잖아요? 약속한 것 중에서 끝까지 지켜지고 있는 게 뭐가 있는지 한번 말씀해 보세요."

"하긴 그렇군요. 하지만 만일 배가 불러지면 어떻게 하죠?"

"아이, 참 수녀님도, 왜 그런 불길한 생각부터 하세요? 만일 그런 일이 생긴다면 그때 가서 걱정해요. 그리고 우리만 비밀로 한다면 누구에게도 알려지지 않을 거예요."

이 말을 들으니 그녀는 말을 꺼낸 수녀 이상으로 남자란 대체 어떤 동물인지 한번 실컷 경험해 보고 싶어졌습니다.

"그건 그래요. 그럼, 어떻게 하면 되죠?"

그러자 말을 꺼낸 수녀가 대답했습니다.

"지금은 세 시가 지났으니, 우리 외에는 모두 낮잠을 자고 있을 거예요. 하지만 혹시 밭에 누가 있나 살펴보고 옵시다. 만일 아무도 없으면 벙어리를 저 곳간으로 데리고 들어가는 거예요. 거기는 벙어리가 비를 피하는 곳이니까 누가 올 염려도 없어요. 그곳에 우리 둘 중 하나가 먼저 이 벙어리와 안에 들어가고, 한 사람은 밖에서 망을 보는 거예요. 이 사람은 바보니까 우리가 하자는 대로 할 거예요."

침을 꿀꺽 삼키며 이런 얘기를 다 듣고 있던 마제토는 어느 쪽이든지 자기를 빨리 데리고 가기를 고대하고 있었습니다.

두 수녀는 주위에 아무도 없다는 것을 확인하고, 먼저 입을 연 수녀가 마제토를 흔들어 깨웠습니다. 그는 아무것도 모르는 척하며 일어났습니다.

수녀는 그에게 웃음을 살살 지으며 아양을 떠는 몸짓으로 그의 손을 잡았습니다. 마제토도 그녀에게 빙그레 웃어 보였습니다. 그녀는 그를 곳간으로 데리고 들어갔습니다. 그리하여 그들은 아주 쉽게 서로 바라던 바를 이루었습니다. 즐거움을 만끽한 그녀는 다른 수녀와 교대했습니다. 마제토는 여전히 바보인 체하면서 그녀들을 즐겁게 해주었습니다.

두 수녀는 생전 처음으로 느껴보는 이 기분 좋은 쾌락에 벙어리가 몇 번이나 자기들에게 올라탈 수 있을까 하고 계속 시험해 보았을 정도였습니다. 그 후 두 사람은 기회만 있으면 이 벙어리와 즐겼습니다.

그런데 어느 날, 한 수녀가 자기 방 창문에서 우연히 그들을 발견하고 놀라, 다른 수녀들에게 알려주었습니다. 처음에는 원장에게 일러바쳐 벌을 받게 해야 된다고 생각했지만 먼저 수녀들이 경험담을 늘어놓자 생각을 고쳐 먹고 친구들에게 한몫 끼었습니다. 그리고 이들 외에도 다시 다른 세 수녀가 시간을 바꾸어서 벙어리와 사랑행위를 하였습니다.

이런 일을 전혀 눈치채지 못한 원장 수녀는 어느 날 혼자서 정원을 거닐고 있다가, 마제토가(하기야 밤에 승마의 도가 지나쳐서 낮에는 간단한 일만 해도 곧 피로해졌으므로) 복숭아나무 그늘에서 늘어지게 낮잠을 자고 있는 것을 발견했습니다. 그런데 그때 바람이 휙 불어와서 그의 옷 앞자락이 제쳐지는 바람에 그것이 완전히 드러나 버렸습니다.

여자가, 더욱이 혼자서 그런 것을 보았으니 원장 수녀도 마찬가지로 욕정에 사로잡히고 말았습니다. 그래서 마제토를 깨워 자기 방으로 데리고 들어가서 며칠 동안이나 그 달콤한 즐거움을 되풀이해서 맛보았습니다. 이 바람에 정원사가 며칠 째 보이지 않자 수녀들은 불평을 늘어놓았습니다.

원장 수녀는 하는 수 없이 그를 슬그머니 놓아주었습니다. 그러나 그 후에도 몇 번이나 자기 방에 끌어들여서는 그가 할 일 이상의 것을 요구했습니다.

그래서 어느 날 밤, 마제토는 원장 수녀 방에 있을 때 억지로 말을 하는 것처럼 입을 열었습니다.

"원장님, 한 마리의 수탉은 열 마리의 암탉을 만족시킬 수 있지만, 사람은 남자 열 사람이 여자 한 사람을 만족시키기가 어렵고 힘든 일이라고 들었습니다요. 그런데 저는 아홉 사람에게 봉사해야 합니다요. 이러다간 돈이 산더미처럼 쌓이더라도 몸을 지탱하지 못하겠습니다요. 아니, 저는 지금까지의 봉사 때문에 이제는 더 이상 아무것도 할 수가 없습니다요. 그러니 저를 내보내 주시든가, 그것도 아니면 다른 좋은 방법을 저에게 가르쳐 주셔야겠습니다요."

벙어리인 줄만 알았던 정원사가 별안간 말을 하기 시작하자 원장 수녀는 까무러치게 놀라면서 소리쳤습니다.

"아니, 대체 이게 어떻게 된 일이야? 너를 지금껏 벙어리인줄로만 알고 있었는데?"

마제토는 원장 수녀를 안심시키기 위해 조용히 말했습니다.

"원장님, 저는 정말 벙어리였습니다요. 하지만 태어날 때부터 그런 게 아니고 어렸을 때 열병을 앓고 난 뒤 말을 못 하게 되었습죠. 그러다가 이번에 처음으로 말을 할 수 있게 되었습죠. 이것이 다 하느님의 사랑 때문이지요."

원장 수녀는 그의 말을 믿었습니다.

"그건 그렇다치고, 아홉 사람에게 봉사해 왔다는 건 무슨 뜻이지?"

마제토는 사실대로 털어놓았습니다. 얘기를 다 듣고 난 원장 수녀는 젊은 수녀들이 자기보다 훨씬 머리가 좋다고 생각했습니다.

모든 일에 있어 빈틈이 없는 원장 수녀는 마제토가 수녀원에서 있었던 일을 퍼뜨리고 다니면 곤란하므로, 그를 해고하지 않고 수녀들과 함께 해결책을 찾아보기로 했습니다.

그때 마침 갑자기 관리인이 죽었으므로, 수녀들의 동의를 얻어 지금까지 서로가 해온 일을 고백하면서, 세상 사람들이 믿을 수 있도록 마제토는 오랫동안 벙어리였지만 수녀들의 기도 덕분에 말을 할 수 있게 되었다는 것으로 의견을 모으고 그를 관리인으로 임명했습니다. 더욱이 그가 수녀들을 상대할 때 힘이 들지 않도록 새로운 방법을 고안해 내기도 했습니다.

마제토는 수녀들에게서 몇 번이나 아이를 낳게 하는 사태를 일으켰지만, 서로가 비밀을 지키며 조심했기 때문에 조금도 세상에는 알려지지 않았습니다.

그러는 동안에 원장 수녀가 세상을 떠났습니다. 마제토도 이제 어느 정도 나이가 들자 고향으로 돌아가고 싶은 생각이 들었고 그의 소원은 간단히 받아들여졌습니다.

이처럼 마제토는 현명한 기지로 젊음을 유익하게 이용해 아무런 힘도 들이지 않고 조금의 비용도 드는 일 없이, 돈 많은 부자가 되어 도끼 한 자루를 어깨에 메고 떠났던 고향으로 돌아왔습니다.

　그 후로도 그는 이와 같이 성공하여 고향에 돌아올 수 있었던 것은 정말 하느님의 은총이라고 언제나 얘기했다고 합니다.

Giovanni Boccaccio

네 번째 이야기

큐피드, 즉 사랑의 여신은 부잣집을 즐겨 찾지만 그렇다고 가난한 자들을 전혀 돌보지 않는 것은 아닙니다. 가끔은 천하고 가난한 자들에게 놀라운 기적을 나타내 줌으로써 권력 있고 돈 많은 사람들도 위대한 사랑의 신에게는 언제나 두렵고 존경스런 마음을 가지게 되는 것입니다.

물론 오래 전의 일입니다만 피렌체 시모나라고 하는 지극히 얌전하고 조심성 많은 가난한 처녀가 털실을 짜며 간신히 생계를 유지하고 있었습니다.

척박한 세상에 처녀 혼자서 여린 손으로 빵을 만들어 가족을 먹여 살려야 한다는 것이 물론 쉬운 일은 아니었습니다만 그렇다고 그녀의 마음까지도 각박해져 어느 누구에게도 사랑을 주지 못할 정도로 감정이 메마르지는 않았습니다.

아무리 생활고에 시달린다고 해도 그녀의 부푸는 가슴만큼이나 풍부한 사랑을 지니고 있었으며 또한 푸른 꿈도 가지고 있었습니다.

그러던 어느 때부터인지 자신도 모르는 사이에 한 남자가 가슴 깊숙이 자리를 차지하고 있었습니다.

그 남자 역시 그녀처럼 가난하였으며 양털을 배달하여 월급을 받아서 사는 파스키노라는 미남 청년이었습니다.

파스키노 또한 그녀를 몹시 좋아하고는 있었지만 그저 마음만 가지고 있을 뿐 구체적으로 프로포즈를 해 보지는 못했습니다.

이렇게 서로 탐색만을 하면서 서로 마음을 숨겼지만 애타는 마음을 더 이상은 숨길 수 없었던지 그녀는 파스키노가 양털을 가지고 올 때만 기다렸다가 넌지시 사랑의 시선을 쏟아 부었습니다.

이런 일이 반복되다 보니 파스키노도 알아차리고는 양털 배달을 전보다 훨씬 자주 했으며 마치 이 세상에서 그녀가 짠 털실이 제일 훌륭하다는 듯이 은근히 칭찬을 아끼지 않았습니다.

파스키노가 양털을 가져올 때마다 그녀의 얼굴은 붉게 빛났으며 기쁜 표정을 감출 수 없었습니다.

여기에 자신감을 얻은 파스키노는 마침내 사랑의 신호를 보냈으며 시모나는 즉시 민감하게 반응했습니다.

차츰 그들은 가까워져 서로의 감정을 표현했으며 진작에 그러지 못한 것을 안타까워했습니다. 그리고 그들은 이제까지 못했던 사랑을 보상이라도 받겠다는 듯이 열렬히 사랑의 도가니 속으로 깊이 빠져들었습니다.

그것은 마치 굶은 벌이 꿀단지 속으로 빠져드는 것과 같았습니다. 한꺼번에 더 많은 꿀을 먹으려고 머리를 깊숙이 처박고 빨아먹다가 마침내는 단지에 빠져 죽는 그런 것 말입니다.

아무튼 그들은 이제 서로에게 깊은 신뢰를 하였으며 어느 쪽이 먼저랄 것도 없이 지정된 장소에서 뜨거운 밀회를 거듭했습니다.

이같이 즐거운 사랑을 계속하다 보니 더욱 더 상대를 갈망하였으며 이제 잠시라도 떨어져 있으면 공허한 마음 때문에 안절부절 하지 못했습니다.

그러던 어느 날, 파스키노가 시모나에게 전부터 같이 가고싶었던 공원이 있으니 돌아오는 일요일에 친구와 같이 가자고 제의해 왔습니다. 거기는 인적도 드물고 긴 시간을 함

께 보내기에는 너무도 적당한 장소라고 하였습니다. 시모나는 즉시 응했습니다.

그 날 그녀는 아버지에게 축제에 간다고 적당히 둘러대고는 여자친구 라지나와 함께 그가 말했던 공원으로 갔습니다. 파스키노 또한 남자친구 하나를 데리고 나왔습니다. 그 남자는 푸치노라 했는데 귀여운 늑대라는 별명이 있었습니다.

그런데 참으로 우스운 것은 파스키노와 시모나는 그래도 오랫동안 교제해 왔는데도 약간은 서먹한 분위기였는데 같이 온 친구들은 서로 만나자마자 무척 오랫동안 연애해 온 것처럼 아무 스스럼없이 포옹을 했으며 더욱 진한 장난을 하기 시작했습니다.

그래서 파스키노와 시모나는 그들을 그곳에 남겨두고 좀 더 구석지고 후미진 곳을 찾았습니다. 사람들이나 동물들, 하다 못해 작은 딱정벌레까지도 연애를 할 때는 으레 어두운 곳을 찾게 마련인가 봅니다. 그래서 나는 그들에게 딱정벌레라는 별명을 붙여줄까 합니다.

그들이 들어선 곳은 한 쪽에 잔디가 깔려있어서 그들은

명당이라도 찾은 듯 환호성을 질렀습니다.

그들은 그곳에서 오랫동안 사랑을 나누며 서로의 신뢰를 쌓았습니다. 모처럼의 나들이였으므로 그들은 맘껏 해방감과 성취감을 맛보았던 거지요.

파스키노와 시모나가 들어간 곳은 샐비어가 나있는 깊숙한 숲이었습니다. 그곳에서 그들은 사랑을 불태웠으며 휴식을 취하면서 다음엔 좀더 먼 곳으로 가자며 도시락도 준비하자고 하였습니다.

도시락 이야기가 나오자 파스키노는 자기만이 아는 비밀이라도 되는 것처럼 도시락을 먹고 난 다음에는 샐비어 잎사귀로 이빨 사이에 낀 음식물을 빼내는 것이 좋다며 시범이라도 보여주듯 잎사귀를 하나 떼어내어 이빨을 쑤시고 닦았습니다.

그리고 잠시 후 그의 얼굴이 파랗게 질리더니 입만 벙긋

댈 뿐 아무 말도 하지 못하고 이내 축 늘어져 죽어버리는 것이었습니다.

갑작스런 사태에 놀란 시모나는 울부짖으며 소리쳐 불렀지만 그는 아무런 대답이 없었으며 고개를 떨어뜨렸습니다. 혼자서는 안 되겠다 싶어서 같이 왔던 친구를 소리쳐 불렀습니다.

"어서 좀 와 줘! 빨리!"

두 사람이 옷매무새를 고치며 달려와 보니 파스키노의 얼굴이 부어있고 거무스레한 반점이 생겨있는 것을 보고 그의 친구 푸치노가 욕지거리를 해댔습니다.

"나쁜 년! 네가 독을 먹였구나!"

그의 목소리가 얼마나 컸던지 근처에 있던 많은 연인들이 뛰어왔습니다.

그들은 파스키노의 퉁퉁 부은 시체를 보았으며 푸치노의 길길이 뛰는 모습을 보고는 역시 그녀가 독을 먹였구나 하고 생각했습니다.

그들은 나름대로 판단이 섰으므로 그를 독살시킨 독살스런 여자를 욕하며 죄의 대가를 받아야 할 것이라며 그렇게 되기를 기대했습니다.

시모나는 너무나 당황스러워 어찌할 줄 몰라 넋이 나간 사람처럼 우두커니 섰다가는 통곡을 하며 땅에 주저앉았습니다.

　마침내 그녀는 체포되어 재판소로 끌려갔습니다. 그곳에서 푸치노와 또 다른 친구인 아티차토와 말라제볼라의 고소로 법관이 나와 신문을 했습니다.

　그러나 법관은 아무리 조사를 해보아도 그녀가 사전에 독살을 계획하여 범행했다는 아무런 단서를 찾아내지 못했습니다. 그래서 법관은 현장으로 가서 검증해 보리라 마음 먹었습니다. 그렇다고 시모나의 말만을 듣고 무혐의 처리를 할 수는 없는 일이었고 또한 유죄를 내리기에는 아무 증거가 없었기 때문이지요.

　법관은 소송인들과 시모나를 데리고 샐비어 숲 속으로 갔습니다. 거기엔 아직도 파스키노의 시체가 퉁퉁 부어 마치 술통처럼 넘어져 있었습니다.

　법관은 그 시체의 모습을 보고는 혀를 끌끌 차더니 시모나에게 의심스런 눈초리로 자초지종을 상세하게 말하라고 했습니다. 그래서 시모나는 그곳에 오게 된 동기와 어떠한 일이 있었고 또한 어떠한 이야기 중에 그가 이렇게 샐비어 잎사귀를 하나 뜯어 이를 닦았다는 것을 직접 시범 삼아 보여주었습니다.

　그러자 파스키노의 친구들은 그녀의 행동에 거짓이 있을 거라며 소리내어 욕을 해대고 입가엔 저주스런 조소를 흘렸

습니다. 그러면서 그들은 화형에 처해도 부족할 마녀라고 악담을 했습니다.

시모나는 사랑하는 사람을 잃은 슬픔과 벌떼처럼 아우성치는 저주스런 소리에 그만 쓰러지고 말았습니다.

"어쭈, 놀고 있네. 그런다고…"

그런데 그게 아니었습니다. 그녀는 눈을 스르르 감더니 실신한 것처럼 말도 못하더니 축 늘어지고 말았습니다.

사실 무척이나 사랑하는 사이라면 대개들 말은 그렇게 합니다. 우리는 함께 한 곳에서 동시에 죽자고…

하지만 전부 거짓말입니다. 실제로 그런 일은 별로 없으며 그런 것이 꼭 사랑이라고 할 수도 없을 테니까요. 동반 자살은 결코 용납될 수 없는 죄악입니다.

하지만 같은 날에 사랑의 환희를 맘껏 즐기고 죽음에 이른 이 연인들은 어떤 의미로 보아 무척 행복한 사람들이라고 할 수 있을 것입니다. 죽은 후에도 같은 장소로 갔다면 이보다 더한 행복이 어디 있겠습니까.

더욱이 저 세상에 가서도 서로 열렬히 사랑하고 영혼의 맺음이 계속된다면 아마 그건 최고의 기쁨일 것입니다.

아직도 살아있는 우리들의 눈으로 볼 때 시모나야말로 죽어서 최고의 행복을 누릴 거라고 할 수 있을 겁니다.

운명의 여신은 그녀로 하여금 구차하게 살아 파스키노의

친구들에게 천박한 사랑의 이름으로 욕보이는 것을 죽음이라는 것으로 차단하여 그녀의 진정한 애인 파스키노의 뒤를 따르게 했던 것입니다.

법관을 비롯한 그곳에 있던 많은 사람들은 이 광경을 목격하고 크게 놀라 아무도 먼저 말을 꺼내지 못했습니다.

이윽고 정신을 가다듬은 법관이 샐비어를 가리키며 말했습니다.

"저 샐비어에는 독이 있다. 이제까지 이런 일이 없었는데 무슨 이유인지 모르겠군! 이런 일이 더 발생하기 전에 저 풀들을 뿌리째 뽑아 태워버려라!"

공원 관리인은 즉시 이행했습니다. 그리고 샐비어를 모조리 뽑았을 때에야 그 원인이 밝혀졌습니다. 그 밑에는 엄청나게 크고 오래 묵은 두꺼비 한 마리가 살면서 그 놈이 숨을 내쉴 때마다 잎사귀에 독을 뿜었던 것입니다.

그래서 사람들은 마른 풀을 잔뜩 쌓아 올리고 뽑았던 샐비어를 그 위에 올려놓고 불을 질렀습니다.

지지직, 지지직! 탁!

그 바람에 두꺼비도 타죽었고 모든 재난의 뿌리를 없앴던 것입니다. 법관은 이로써 의문의 죽음에 대해 명쾌하게 해결했으며 어쩌면 아주 불명예스럽게 화형에 처해질 뻔했던 시모나는 다행스런 죽음을 맞았으며 명예를 회복했습니다.

또한 푸치노 같은 음흉스런 사람들로부터도 보호를 받았으며 그들은 그녀에 대한 오해를 부끄러워했으며 그 증거로써 친구와 그녀를 어깨에 메고 성당으로 운반하여 아주 정중하게 장례를 치르어 주었답니다.

　아! 우리를 거둘 때에도 이렇게 하소서.

Giovanni Boccaccio

다섯 번째 이야기

롬바르디아에 계율도 엄하고
믿음 또한 독실하기로 유명한 한 수녀원이 있었습니다. 그
곳의 수녀들 가운데 귀족 출신으로서 미모가 뛰어난 이자베
타라는 젊은 수녀가 있었습니다.

그런데 어느 날, 이자베타의 친척이 면회를 왔을 때 함께
따라온 한 청년에게 첫눈에 반해 버렸습니다. 한편 청년도
그녀의 아름다움에 마음이 끌렸고, 그녀의 눈동자에 깃들
은 사랑의 뜻을 알아채고 뜨거운 사랑을 품게 되었습니다.
하지만 그렇듯 서로를 원하면서도 그들의 사랑은 오래도록
결실을 보지 못하고 있었습니다.

이렇게 서로 마음을 태우다가 청년은 마침내 그 수녀의 방에 몰래 숨어들 수 있는 방법을 찾아냈습니다. 그것이 그녀에게 얼마나 큰 기쁨이었는지 말할 필요는 없겠지요. 게다가 청년은 한 번이 아니라 여러 차례 그녀에게 드나들어 서로 사랑의 즐거움에 잠기곤 했습니다.

그런데 이러한 일을 계속하다가 그만 어느 날 밤, 청년이 이자베타와 헤어져 돌아가는 것을 한 수녀가 보게 되었습니다. 그러나 두 사람은 이 사실을 전혀 몰랐던 것입니다. 청년을 목격한 수녀는 그 사실을 다른 수녀들에게 퍼뜨리고 말았습니다. 결국 수녀들은 그 사실을 우선 원장에게 알려 그녀를 벌하자는 데 의견을 모았습니다.

우심발다라고 하는 수녀원장은 수녀들뿐만 아니라 그녀를 알고 있는 사람들 사이에서는 선량하고 성덕이 높은 분이라는 평을 듣고 있었습니다.

그들은 서로 의논한 끝에, 이자베타가 그 남자와 같이 자고 있는 현장을 원장에게 보여 변명의 여지가 없도록 하자고 결정하였습니다. 이리하여 그들은 입을 굳게 다물고 현장을 잡기 위해 저마다 몰래 밤을 세워가며 감시를 계속하고 있었습니다.

한편 이 사실을 전혀 모르는 이자베타는 아무런 조심성도 없이 어느 날 밤 애인을 방으로 끌어들였습니다. 그것은 망을 보던 수녀들에게 알려졌습니다.

그들은 이미 밤이 깊었기 때문에, 두 패로 갈라져 한 패는 이자베타의 방을 지키고 다른 한 패는 원장의 방에 알리러 갔습니다. 그들은 문을 탕탕 두들기면서 이렇게 소리쳤습니다.

"원장님, 빨리 일어나세요! 이자베타가 젊은 사내를 방에 끌어들였습니다!"

그날 밤 수녀원장은 가끔 궤짝 속에 넣어 자기 방에 끌어들였던 한 사제와 한참 재미를 보고 있던 중이었습니다. 원장은 밖에서 수녀들의 소리를 듣자, 혹시 그들이 흥분한 나머지 문을 밀어붙여 열지나 않을까 하는 두려운 마음에 재빨리 일어났습니다. 그리고는 황급히 어둠 속에서 닥치는 대로 옷을 챙겨 입었는데, 그만 접어둔 두건을 집어든다는 것이 잘못하여 사제의 바지를 손에 쥐었습니다. 그리고는 두건 대신 사제의 바지를 머리에 쓰고 밖으로 나온 것입니다. 그녀는 허둥지둥 밖으로 뛰어나와 문을 닫으며 이렇게 말했습니다.

"그 뻔뻔스런 계집이 어디 있느냐?"

그리하여 수녀원장은 자기를 부르러 온 수녀들과 함께 이자베타의 방 앞까지 왔습니다. 그동안 수녀들은 이자베타가 죄를 범하고 있는 현장을 잡으려는 데 정신이 팔려 원

장이 무엇을 머리에 쓰고 있는 지도 모르고 있었습니다.

원장은 수녀들과 힘을 합쳐서 방문을 힘껏 밀었습니다. 그리하여 우르르 방으로 몰려드니, 침대 위에서 두 남녀가 꼭 끌어안고 누워 있었습니다. 두 사람은 뜻밖의 일에 당황한 나머지 어쩔 줄을 몰라 했습니다.

곧 이자베타는 다른 수녀들의 손에 끌려나가 원장이 명하는 집회소로 연행되었습니다.

청년은 그 자리에 그대로 남아서 옷을 챙겨 입고는 만약에 그녀에게 무슨 일이라도 생기면 있는 힘을 다해서 그녀를 데리고 달아날 결심을 하고 추세를 지켜보고 있었습니다.

한편 수녀원장은 집회소의 원장석에 자리를 잡고 앉아, 죄를 범한 이자베타만을 바라보고 있는 수녀들 앞에서 입에 담지 못할 욕을 퍼부었습니다. 이 수녀원의 신성과 정결과 명성이 그녀의 음란한 행위와 파렴치한 행동으로 인해 더럽혀졌다면서 심한 욕설을 퍼부었을 뿐만 아니라 엄벌에 처해야겠다고 위협을 하였습니다.

자기의 죄를 잘 알고 있는 이자베타는 창피한 생각으로 얼굴을 들지 못한 채 입을 굳게 다물고 있었기 때문에, 그 모습이 다른 수녀들의 동정심을 불러일으키게 했습니다.

그런데도 원장은 계속 무섭게 꾸짖어댔기 때문에 참다못한 이자베타는 용기를 내어 얼굴을 들었습니다. 그런데 원장이 머리에 쓰고 있는 남자의 바지가 눈에 띄었습니다. 더구나 그 끈이 흔들리고 있는 것이 아니겠습니까!

순간 모든 것을 눈치챈 이자베타는 침착한 목소리로 이렇게 말했습니다.

"원장님! 우선 머리에 쓰고 계신 그 두건 끈이나 잘 매시지요."

원장은 그녀의 말뜻을 얼른 이해하지 못하고 이렇게 말했습니다.

"내 머리의 두건이 어쨌단 말이냐? 이제 와서 능청맞게 딴전을 부리자는 거냐? 그런 짓을 하고서도 농담이 나오다니, 참 딱한 노릇이다."

이자베타는 다시 한번 말했습니다.

"원장님, 아무튼 두건의 끈을 매신 다음에 좋으실 대로 실컷 꾸짖어 주셔요."

그제야 다른 수녀들도 고개를 들어 원장의 머리를 쳐다보았습니다. 원장도 두 손을 올려 두건을 만져 보았으며, 이자베타가 어째서 그런 말을 하는지 모두들 그 이유를 알게 되었습니다.

원장은 자신의 죄를 깨닫고 그것이 여러 사람에게 발각된 것을 알고는, 설교를 그치고 태도를 달리했습니다.

인간이 육욕으로부터 몸을 지킨다는 것은 불가능하다면

서 말의 결론을 내렸습니다. 그러니 지금까지처럼 몰래 할 수 있을 때는 각자 적당히 해도 상관없다고 말했습니다.

이렇게 해서 원장은 이자베타를 용서한 다음, 다시 사제의 곁으로 돌아갔고, 이자베타는 애인의 곁으로 돌아갔습니다.

그 뒤부터 이자베타는 자주 그 청년을 불러들이게 되었습니다. 그리고 애인이 없었던 다른 수녀들도 때를 만난 듯 몰래 사랑의 모험을 찾아 애인을 구하기 시작했다는 것입니다.

Giovanni Boccaccio

여섯 번째 이야기

옛날 성 브랑카치오 사원 근처에 좀 모자라긴 하지만 돈 많고 선량한 푸치오라는 부자가 살고 있었습니다. 후에 이 사람은 완전히 종교에 귀의하여, 성 프란치스코 파의 제3회원이 되었으며, 프라테 푸치오라고 일컬어지게 되었습니다.

푸치오는 독실한 신앙생활 외에는 특별히 따로 할 일도 없는지라 언제나 성당에 나가고 있었습니다. 그런데 좀 모자라서 그런지 주기도문을 외우거나, 설교를 듣거나, 미사에 참례하거나, 일반 사람들이 부르는 성가는 빠뜨리지 않고 모두 불렀습니다. 게다가 단식을 하고 엄격한 규율을 지켰기 때문에, 사람들은 그를 두고 광신자라고 불렀습니다.

그에게 가족이라고는 이자베타라는 아내와 하녀 한 명뿐이었습니다. 그런데 이자베타는 푸치오보다 나이도 훨씬 적은데다 사과처럼 복스럽고 싱싱한 미인이었습니다. 푸치오는 아내보다 나이가 많아서 그런지, 아내가 남편과 자고 싶고, 사랑을 나누고 싶어도 남편은 그리스도의 생애라든가, 프라테나스타지오의 설교라든가, 막달라 마리아가 겪은 슬픔 등 신앙에 관한 얘기만 들려주는 것이 고작이었습니다.

마침 그 무렵, 돈 펠리체라는 수도사가 파리에서 돌아왔습니다. 그는 젊고 미남이였으며, 어느 정도 재치도 있고 아는 것도 많았습니다.

그래서 이 수도사는 푸치오가 의문을 갖는 모든 문제를 해결해 주었고, 그가 독실한 신자이며 수도사인 자신을 성인처럼 여기며 대접하였으므로 푸치오에 대해 친근감을 느끼고 있었습니다. 푸치오도 자주 그를 집에 불러 식사를 대접하곤 하였으며 이자베타도 충실한 하녀처럼 정중히 그를 대접했습니다.

이와 같이 푸치오의 집에 부지런히 드나드는 동안 돈 펠리체는 이자베타의 젊고 싱싱한 아름다움에 점점 마음이 끌리게 되었습니다. 또한 그녀가 가장 아쉬워하며 참고 있는 것이 무엇인지 알게 된 후로는 가능하면 푸치오의 노동을 덜어주고, 자기가 대역을 해 주자고 생각했습니다.

그리하여 기회가 있을 때마다 사랑이 가득 담긴 눈으로 이자베타를 지그시 바라보곤 했습니다. 마침내 그 눈길은 그녀에게도 애욕을 불러일으켰습니다. 이를 눈치챈 수도사는 자기의 소망을 그녀에게 털어놓았습니다. 물론 그녀는 그의 제의를 아주 기쁜 마음으로 받아들였지요.

하지만 그들이 그 일을 실행에 옮기는데 있어서 전혀 문제가 없는 것은 아니었습니다. 마음놓고 사랑을 나누기에 그녀의 집 외에는 마땅한 장소가 없는데, 남편은 자기가 사는 집 밖으로는 거의 한 걸음도 나가는 적이 없었기 때문입니다.

고민에 빠져있던 수도사는 마침내 푸치오가 집에 있어도 방해를 받지 않고 아무 탈 없이 그녀와 함께 있을 수 있는 좋은 방법을 생각해 냈습니다. 그래서 어느 날, 푸치오가 자기를 만나러 왔을 때 이렇게 말했습니다.

"푸치오님, 저는 당신의 소망이 무엇인지 잘 알고 있습니다. 성인이 되기를 원하시겠지요. 하지만 당신은 아무래도 지름길을 두고도 아주 먼 길을 택하신 것 같군요. 교황님을 비롯해서 그밖의 대부분 훌륭한 성직자들 모두가 지름길을 택하셨는데, 그들은 그 방법을 아무에게도 가르쳐

줄 생각을 하시지 않았습니다. 왜냐하면 성직자들은 신자
들의 성금으로 생활해 나가야 하는데 만일 신자들이 성금은
물론 다른 기부를 하나도 하지 않는다면 금세 금전적인 파
탄에 빠지고 말 테니까요. 그러나 당신은 내 친구이고 나를
정중히 대접해 주니 당신이 절대로 입밖에 내지 않겠다고

맹세한다면 그것을 가르쳐 드리기로 하지요."

푸치오는 수도사의 말을 듣고 귀가 솔깃해 그에게 바짝 다가앉으며 말했습니다.

"수도사님, 저에게 그 지름길을 가르쳐 주십시오. 제가 그 길을 갈 수만 있다면 아무에게도 말하지 않겠다고 하느님 앞에 맹세하겠습니다."

그렇게 말하는 푸치오의 결의는 이만저만한 것이 아니었습니다.

"그렇다면 가르쳐 드리지요. 먼저 하느님의 축복을 받고 싶어하는 사람들은 지금부터 말하는 고행을 해야 한다는 것을 명심해야 합니다. 그러나 잘 아시겠지만 당신이 고행을 하겠다고 해서 현재 죄인인 당신이 거기서 완전히 벗어났다는 뜻은 아닙니다. 하지만 고행을 마치고 나면 당신이 저지른 죄는 이미 깨끗이 씻겨져서 용서를 받게 됩니다.

그리고 그 후 죄를 짓는 일이 있더라도 지옥에 떨어지는 일은 없을 것이고, 지금까지의 가벼운 죄와 마찬가지로 성수로 깨끗이 지워질 것입니다.

그런데 고행을 시작하는 사람들은 먼저 그 죄를 고백하지 않으면 안 됩니다. 그리고 40일 동안 엄격한 단식과 금욕을 하지 않으면 안 됩니다. 그러니 그 동안에는 다른 여성은 물론 부인과도 가까이 해서는 안 됩니다.

또 가장 중요한 것은 고행 장소입니다. 당신은 될 수 있는 대로 집 안에서 가장 높은 곳, 그러니까 밤하늘을 쳐다볼 수 있는 장소를 골라, 고행시간이 되면 그곳에 가 있어야 합니다. 그곳에서 당신은 큰 널판지를 준비해 마치 십자가에 못 박힌 것처럼 두 팔을 벌리고 서 있어야 합니다. 그와 같은 자세로 아침 기도 때까지 하늘을 쳐다보고 가만히 서 있어야 합니다.

그런데 당신이 글을 읽을 줄 안다면 내가 가르쳐 드리는 기도를 외워야 합니다만, 당신은 삼위일체이신 신을 위해서 삼백 번 아베마리아를 부르면서 주기도문을 외우십시오. 그리고 하늘을 쳐다보면서 천지의 창조주이신 하느님을 머리 속에 그리고, 또 당신은 주님과 마찬가지로 십자가에 못 박힌 자세로 있으니, 줄곧 주님의 수난을 생각해야 합니다.

그러다가 아침 기도 종이 울리기 시작할 때, 당신이 원한다면 잠깐 주무셔도 좋습니다. 그러나 그 날 아침은 성당에 가서 적어도 세 번 미사를 드리고, 오십 번 주기도문을 외고, 또 그만큼 아베마리아를 외워야 합니다.

그런 다음에는 저녁기도 시간이 될 때까지 다른 볼 일을 보셔도 됩니다. 저녁기도 시간이 되면 다시 성당에 가서,

내가 써드리는 기도를 외우십시오. 반드시 그렇게 하셔야 합니다. 그것이 끝나면, 내가 아까 말씀드린 대로 밤의 고행을 시작하시는 것입니다.

당신이 헌신적으로 이 고행을 실행한다면 영원한 축복을 받으실 수 있을 것입니다."

어리석은 푸치오는 그 말을 듣고 이렇게 말했습니다.

"그런 정도라면 대단한 일도 아니고, 40일이 그리 길다고도 생각되지 않습니다. 충분히 할 수 있습니다. 그럼 하느님께 맹세코 이번 주일부터 시작하기로 하겠습니다."

기쁨으로 들뜬 그는 수도사 곁을 떠나 집에 돌아와서는 모든 것을 아내에게 설명했습니다.

남편의 얘기를 가만히 듣고 있던 아내는 수도사의 속셈을 알아챘습니다. 아침 기도 때까지 남편이 한 곳에 가만히 있어야 한다는 것은 매우 재치있는 방법이라 생각하며 그녀는 푸치오에게 말했습니다.

"당신의 영혼을 구제하는 일이라니 정말 좋은 일이군요. 아마 하느님도 당신의 고행을 대견하게 여기실 거예요. 저도 당신과 같이 하고 싶지만 그것은 너무 무리이니, 다른 것은 접어두고 단식은 함께 하도록 해요."

일요일이 되자 푸치오는 고행을 하기 시작했습니다. 때를 같이하여 수도사는 사람들의 눈에 띄지 않는 어두운 밤

에 그녀를 찾아가서 달콤한 사랑을 즐겼습
니다. 그 일은 푸치오가 아침기도를 끝낼
때까지 계속되었습니다.

그런데 푸치오가 고행을 하는 곳은 아내의 침실 바로 옆
인 데다가 그 사이는 얇은 벽으로만 가려져 있을 뿐이었습
니다. 그러므로 수도사와 아내가 음란하게 재미를 보는 틈
에 푸치오는 마치 집 마룻바닥이 흔들리고 있는 듯한 느낌
을 받았습니다.

그래서 그는 백 번째 주기도문을 외우고 난 뒤, 몸을 움
직이지 않고 아내에게 물었습니다.

"여보, 당신 대체 지금 무엇하고 있소?"

아내는 당황하는 기색도 없이 재치 있게 대답했습니다.

"잠을 이루지 못해서 이리 뒤척 저리 뒤척거리는 거예
요."

그렇게 대답하는 그녀의 음성은 마치 말 위에 올라타고
말하는 것같았습니다.

푸치오가 다시 물었습니다.

"이리 뒤척 저리 뒤척거린다니 그게 무슨 뜻이오?"

간교한 아내는 재미있다는 듯 깔깔 웃으면서(하기야 우
스워서 못견디기도 했겠지요) 말했습니다.

"아니, 아직도 그 이유를 모르세요? 저녁에 아무것도 먹

지 않고 잠을 자면 밤새도록 뒤척인다고 하잖아요…"

푸치오는 아내도 단식을 하고 있어서 잠을 이루지 못하는구나, 그래서 침대 위에서 뒤척이고 있었구나 하고 생각하고는 부드러운 목소리로 말했습니다.

"그러기에 당신은 단식할 필요가 없다고 내가 그토록 말했잖소. 당신이 지금 여기가 다 건들건들 흔들릴 만큼 침대를 삐걱거리고 있단 말이오. 그러니 고집 그만 피우고 앞으로는 절대 단식하지 말아요."

그러자 아내가 대답했습니다.

"죄송해요. 당신 기도하는데 방해가 됐군요. 뒤척이지 않고 잠을 자도록 할게요. 그러니 당신도 개의치 말고 계속 기도하세요."

이 말을 듣고 푸치오는 다시 기도를 하기 시작했습니다.

그래서 그날 밤부터 아내와 젊은 수도사는 침대를 다른 방에 마련해놓고, 푸치오의 고행이 끝날 때까지 아무런 방해도 받지 않고 마음껏 재미를 보았습니다. 그러다 시간이 되면 수도사는 수도사대로 아내는 아내대로 자기 침대로 돌아갔습니다. 그러면 고행을 마친 남편이 곧 그 침대로 돌아오곤 하였습니다. 이런 식으로 그는 고행을 계속하고, 아내는 수도사와의 사랑의 행위를 계속했습니다. 그녀는 때로 수도사에게 이런 농담을 하곤 했습니다.

"당신이 푸치오에게 고행을 시킨 덕분에 그사람보다 우리가 먼저 천국에 올라가겠어요."

　이렇게 하여 아내는 그동안 남편 때문에 누리지 못했던 사랑의 즐거움을 남편이 아닌 다른 남자에게서 얻을 수 있었습니다. 뿐만 아니라 그 즐거운 생활은 오래도록 계속되었던 것입니다.

Giovanni Boccaccio

일곱 번째 이야기

바버리의 카프사라는 도시에 한
부자가 살고 있었습니다. 이 사람에게는 자녀가 여럿 있었
는데, 그 가운데 알리베크라는 매우 아름답고 성품이 착한
딸이 있었습니다.

그녀는 그리스도교를 믿지는 않았지만, 그리스도교 신자
들이 하느님에 대한 봉사를 예찬하는 말을 듣고, 그녀도 어
떻게 하면 아무런 방해도 받지 않고 하느님께 봉사할 수 있
을까 하고 한 신자에게 물어 보았습니다. 그러자 그 사람은
테베스의 쓸쓸한 사막으로 떠나간 사람들처럼 속세의 일에
서 벗어나면 날수록 하느님께 봉사를 더 잘할 수 있다고 대

답했습니다.

그녀는 매우 순진하고 아직 나이도 열네 살밖에 되지 않았으므로, 별로 신중하게 생각하지도 않고 아무에게 말도 없이 어느 날 몰래 혼자서 테베스의 사막으로 떠났습니다. 그리고 거듭되는 고생과 굶주림도 참아가면서 마침내 그 쓸쓸한 사막에 닿았습니다. 간신히 도착한 오두막 집에 성자로 보이는 사람이 입구에 있었습니다.

수도자는 자기를 찾아 온 여인을 보고 이상하게 생각하여 어떻게 왔느냐고 물었습니다. 알리베크는 하느님께 봉사를 하기 위해 길을 찾아 나섰으며, 어떻게 하면 그러한 일을 할 수 있는지 가르쳐 줄 분을 찾아왔다고 대답했습니다.

그 수도자는 그녀가 매우 아름다운 것을 보고, 만일 여기에 머물러 있게 했다가는 악마의 유혹에 사로잡힐 우려가 있다고 생각하여 그녀의 훌륭한 마음씨를 칭찬한 다음, 풀뿌리며 야생의 능금이며 대추야자의 열매 같은 먹을 것과 물을 주며 말했습니다.

"여기서 그다지 멀지 않은 곳에 성자가 한 분 계십니다. 그분은 당신이 찾고 있는 분으로서 나보다 훨씬 뛰어난 스승님이십니다. 그분을 찾아가는 것이 좋을 겁니다."

이렇게 말하며 그녀를 그곳으로 보냈습니다.

그래서 그녀는 그 사람을 찾아갔지만, 그 사람한테서도

같은 말을 듣고 다시 길을 가다가 한 젊은 수도자가 살고 있는 오두막에 이르렀습니다. 이 사람의 이름은 루스티코라고 했으며, 참으로 신앙심이 두터운 선량한 사람이었습니다. 그녀는 그에게도 지금까지와 똑같은 질문을 했습니다.

그러자 이 사람은 자기의 굳은 신념을 한번 시험해 보자는 생각으로, 지금까지의 여러 수도자들이 그녀를 쫓아보내거나 멀리하거나 한 것과는 달리, 자기 오두막에 머무를 것을 권했습니다. 그리고 밤이 되자, 오두막 한쪽 구석에 종려 가지로 잠자리를 만들어 주고 그 위에서 자라고 말했습니다.

잠시 후 온갖 유혹이 그의 신앙심을 시험하려고 도전해 왔습니다. 오랫동안 자기의 신앙심을 과시하고 있던 그는 유혹을 물리치기는커녕 순식간에 그 유혹에 빠져들고 말았습니다. 그래서 거룩한 명상도 기도도 규율도 모두 잊어버리고 그녀의 젊음과 아름다움만이 머리에 가득 차게 되었습니다. 그뿐 아니라 어떻게 하면 여자의 육체를 탐하는 속된 사나이라는 인상을 주지 않고 그녀를 손에 넣을 수 있을까 궁리하기 시작했습니다.

그래서 먼저 여러 가지 질문으로 그녀를 시험해 보니, 아직 한 번도 남자를 경험하지 않은 순진한 여인이라는 것을 알았습니다. 그래서 하느님께 봉사한다는 구실을 어떻

게 꾸며서 그녀로 하여금 자기의 쾌락에 응하게 할까 하고
생각했습니다.

그리하여 먼저, 악마가 아주 나쁜 하느님의 적이라는 것
을 자세히 일러주고는, 그 하느님에 대한 봉사야말로 하느
님에 대한 감사의 뜻을 더 한층 나타내는 일이며, 옛날에
하느님이 지옥에 떨어뜨린 악마를 다시 지옥에 몰아넣는 일
이라고 설교했습니다.

알리베크는 어떻게 하면 그것을 할 수 있느냐고 물었습
니다. 루스티코는 대답했습니다.

"그것은 내가 하는 대로만 하면 곧 알게 되지."

이렇게 말하고 그는 몸에 걸쳤던 옷을 모두 벗어 벌거숭
이가 되었습니다. 알리베크는 그대로 따라 했습니다. 그리
고 그는 기도를 할 때처럼 무릎을 꿇고 알리베크는 자기 앞
에 세웠습니다.

눈앞에 이와 같이 아름다운 여인을 바라보게 된 루스티
코는 일찍이 없었던 욕정이 불현듯 타올라, 육체의 일부가
뭉클뭉클 일어섰습니다. 그것을 보고 알리베크는 깜짝 놀
라면서 물었습니다.

"루스티코님, 그 툭 튀어나온 게 뭐예요, 저한테는 그런
것이 없는데?"

"이것이 바로 내가 몇 번이나 말한 악마다. 알겠느냐? 이

것이 이제 더 참을 수 없을 만큼 나를 괴롭히고 있느니라."

그러자 알리베크는 말했습니다.

"어머, 그럼 제가 루스티코님보다 행복한 것 같네요. 저한테는 그런 악마가 없으니까요."

루스티코가 말했습니다.

"그렇다. 하지만 대신 내가 갖지 않은 다른 것을 그대는 가졌느니라."

"어머, 그게 뭔데요?"

"지옥을 갖고 있느니라. 분명히 말하지만, 하느님은 내 영혼을 구해주시기 위해 그대를 이리로 보내신 것이다. 만일 이 악마가 내게 괴로움을 주더라도, 그대가 나를 가엾게 여기고 이 악마를 지옥으로 몰아넣어 주기만 한다면 그대는 나를 도와주는 것이니라. 게다가 그대는 하느님께 다시없는 기쁨을 드리며 봉사하는 것이 되느니라. 그대가 말했듯이 그 때문에 그대는 여기까지 찾아온 것이니라."

신앙심에 불타 있던 알리베크는 대답했습니다.

"오오! 스승님, 제가 지옥을 갖고 있다면 좋으실 때 쓰도록 하셔요."

그러자 루스티코가 말했습니다.

"여인이여! 그대에게 축복 있으라. 이제, 내게 있는 악마를 지옥에 몰아넣도록 하리라."

이렇게 말하고 그는 조그만 침대로 그녀를 데리고 가서, 하느님께 저주받은 그 악마를 지옥에 몰아넣으려면 어떻게 해야 하는가를 가르쳤습니다.

알리베크는 아직 한 번도 어느 악마고 지옥에 넣어본 적이 없었으므로, 처음 겪는 일에 좀 아픔을 느끼고 루스티코에게 말했습니다.

"스승님, 확실히 그 악마는 나쁜 짓을 하네요. 그리고 정말로 하느님의 적인가 봐요. 지옥에 들어갈 때 나로 하여금 굉장한 아픔을 느끼게 했어요."

루스티코가 말했습니다.

"여인이여, 반드시 그렇지만도 않느니라."

그래서 다시는 그런 일이 일어나지 않도록 다시 침대에 누워 몸을 서로 움직여 여섯 번이나 악마를 쫓았습니다. 이쯤 되니 그 오만한 악마의 머리도 꺾이어 자연히 얌전해졌습니다.

그러나 그 후에도 여러 번 악마가 오만한 머리를 쳐들 때마다 순진한 알리베크는 언제나 꺾어주려고 애를 썼습니다. 그러는 동안에 이 일에 쾌감을 느끼기 시작해서 루스티코에게 말했습니다.

"카프사의 훌륭한 분들이 하느님을 섬기는 일은 매우 기쁜 일이라고 말씀하셨는데, 그게 거짓말이 아니라는 것을

이제야 알겠어요. 정말로 악마를 지옥에 몰아넣는 이 일만큼 즐겁고 기분 좋은 일을 저는 지금까지 경험해 본 적이 없어요. 그러니 하느님께 봉사하지 않고 다른 일을 하는 사람들은 모두 어리석은 사람들 같아요."

이와 같이 즐거운 일을 하기 위해서 알리베크는 몇 번이나 루스티코 곁에서 말하였습니다.

"루스티코님, 저는 하느님을 섬기려고 여기 왔지, 게으름을 피려고 온 게 아녜요. 그러니 우리 악마를 또 지옥에 몰아넣기로 해요."

이렇게 다시 즐거운 일을 하면서 때로는 이런 말을 하는 것이었습니다.

"루스티코님, 저는 악마가 왜 지옥에서 달아나는지 이해가 안 가요. 지옥이 악마를 기분 좋게 받아들여서 악마가 기꺼이 지옥에 들어간다면 결코 나오지 않아야 할 게 아녜요?"

이렇게 자주 루스티코를 졸라 하느님을 섬기고 그를 위로했으므로, 그는 더 이상 견디기 어렵게 되었고 그 일을 할 때마다 한계를 느끼게 되었습니다.

그래서 그는 악마가 오만한 머리를 쳐들 때가 아니면, 악마를 벌주거나 지옥에 넣거나 해서는 안 된다고 그녀에게 말하기 시작했습니다.

"하느님 덕분에 우리가 악마를 완전히 놀려주었으니, 이제 하느님께서도 가만히 놔두기를 바라고 있을 것이 틀림없느니라."

이렇게 말하며 그녀에게 얌전히 있도록 타일렀습니다. 그런데 그녀는 도무지 루스티코가 악마를 지옥에 넣기를 요구하지 않으므로, 어느 날 그에게 말했습니다.

"루스티코님, 그 악마가 혼이 나서 이제 스승님을 괴롭히지 않더라도 제 지옥을 그대로 내버려두지 마셔요. 제가 제 지옥으로 스승님의 오만한 악마를 꺾어버리는 일을 거들어 드린 것처럼, 그 악마로 제 지옥의 노여움을 가라앉히는 일을 도와 주셔요."

루스티코는 풀뿌리와 물만을 먹고살았기 때문에 이렇게 거듭되는 요구에 도저히 응할 수가 없었습니다. 그래서 지

옥을 가라앉히려면 많은 악마가 필요하지만 자기가 할 수 있는 데까지는 하겠다고 말했습니다. 그래서 이따금 그녀를 만족시켜 주기는 했지만 아주 뜸해졌으므로 마치 굶주린 사자 입에 강낭콩을 던져 넣는 것과 같았습니다. 그 때문에 그녀는 자기가 원하는 것만큼 하느님을 섬기지 못하는 듯한 기분이 들어서, 자주 불만을 털어놓았습니다.

그런데 루스티코의 악마와 알리베크의 지옥 사이에 너무나 강한 욕망과 너무나 약한 힘 때문에 이와 같은 갈등이 벌어지고 있을 무렵, 카프사 시에서는 큰불이 나서 알리베크의 아버지를 비롯하여 그 자식들과 하인들과 집이 몽땅 불에 타버리는 일이 생겼습니다. 그 때문에 알리베크가 전 재산의 유일한 상속자가 되었습니다.

그때 심한 낭비로 재산을 탕진해 버린 네르발레라는 젊은이가 있었는데, 그녀가 살아있다는 말을 듣고 그녀를 찾아 나섰습니다. 국가가 상속인이 없다고 하여 재산을 몰수하기 전에 그녀를 찾아내기로 결심한 것입니다.

드디어 그는 테베스의 사막에서 그녀를 찾아내어 그녀를 데리고 카프사로 돌아가서 아내로 삼았으며, 둘이 막대한 재산을 상속했습니다.

그런데 그녀가 아직 네르발레와 잠자리를 같이하기 전의 일입니다만, 아낙네들이 사막에서 무엇을 하며 지냈냐고 물었습니다.

"악마를 지옥에 몰아넣는 봉사를 하고 있었어요. 그런데 지금의 남편인 네르발레가 하느님께 봉사를 못하게 하는 큰 죄를 지고 말았어요."

아낙네들이 어떻게 악마를 지옥에 몰아넣느냐고 물었습니다. 그녀는 손짓과 말로써 설명해 주었습니다. 이 말을 들은 아낙네들은 그만 폭소를 터뜨렸습니다. 그리고 말했습니다.

"그런 일이라면 뭐 그리 걱정할 것 없어요. 여기도 그런 악마는 얼마든지 있으니까. 네르발레가 그의 악마를 사용해서 당신과 함께 하느님을 섬기게 될 거요."

아낙네들은 이 일을 저마다 온 시내에 퍼뜨리고 다녀서, 하느님에 대한 가장 즐거운 봉사는 악마를 지옥으로 몰아넣는 일이라는 재미있는 말이 생겨났습니다.

Giovanni Boccaccio

여덟 번째 이야기

옛날 시에나에 명문 출신의 두 젊은 이가 살고 있었습니다. 한 사람은 스피네로쵸 타네나라고 하고 다른 한 사람은 제빠 디 미노라고 하는데, 둘은 엎어 지면 코 닿을 정도로 가까운 거리에 살고 있었습니다.

이 두 사람은 마치 친형제나 다름없을 정도로 사이가 좋 았으며 둘 다 아름다운 아내가 있었습니다.

그런데 스피네로쵸가 친구 제빠의 집을 수시로 드나들다 가 그만 그의 아내를 사랑하게 되고 말았습니다. 그녀 또한 마찬가지였지요. 이렇듯 두 사람의 사랑은 점점 깊어져 결 국 잠자리까지 같이 하고 말았습니다. 이 일은 오랫동안 비밀리에 계속되었지요.

그러던 어느 날 제빠가 평소보다 일찍 집으로 돌아온 날이었습니다. 때마침 스피네로쵸가 찾아왔으나, 남편이 일찍 귀가한 사실을 모르는 그의 아내는 남편이 없다고 말했습니다. 그러자 스피네로쵸가 그녀에게 다가가 두 팔로 힘차게 껴안더니 열렬히 키스를 하기 시작했습니다. 그녀도 물론 그 일에 열중을 하였지요.

제빠는 자기 눈앞에 벌어지는 광경을 보고 정말 숨이 막힐 지경이었습니다. 뿐만 아니라 그의 아내와 스피네로쵸는 그렇게 껴안고서 침실로 들어가 안에서 문을 잠그더니 묘한 소리를 지르기 시작했습니다.

어떤 상황이 벌어지고 있는지 뻔히 알고 있는 제빠는 머리끝까지 화가 치밀어 당장이라도 문을 박차고 들어가고 싶었지만 그래봐야 자기가 받은 모욕이 줄어들기는커녕 오히려 망신만 당하게 될 것 같아, 이 모욕감을 어떤 식으로 갚아야 할까 궁리하기 시작했습니다.

고민 끝에 좋은 방법을 생각해 낸 그는 스피네로쵸와 아내가 즐기는 동안 내내 몸을 숨긴 채 그대로 있었습니다.

이윽고 친구인 스피네로쵸가 일을 끝내고 나가버리자 제빠는 곧 침실 안으로 들어갔습니다. 아내는 아직 스피네로쵸가 장난하다가 떨어뜨린 베일을 만지작거리고 있었습니다.

제빠가 아내에게 물었습니다.

"당신 뭘 하고 있는 거요?"

"베일을 쓰려고 하는 중이예요."

아내가 시치미를 떼며 대답하자 제빠는 이렇게 대답했습니다.

"그거야 내 눈에도 보이니까 나도 아는 일이고, 내가 묻고 있는 것은 조금 전에 뭘 했느냐, 이 말이오!"

그러고는 자기가 본 것을 처음부터 끝까지 다 얘기했습니다. 그녀는 당황하여 여러 가지 변명을 댄 다음 스피네로쵸의 요구를 딱 잘라 거절하지 못한 것을 고백하고 울면서 용서를 빌었습니다.

그러자 제빠는 아내에게 말했습니다.

"당신은 엄청난 짓을 저질렀소. 만일 당신이 나의 용서를 원한다면, 이제부터 내가 시키는 대로 무슨 일이나 해야 하오. 당신은 스피네로쵸에게 내일 아침 아홉 시에 어떻게든 구실을 붙여 나를 따돌리고 당신에게 오라고 말해요. 그러면 그가 여기 도착할 때쯤 돼서 내가 집에 돌아올 것이오. 내가 온 것을 뒤늦게 아는 척한 뒤에 당신은 그를 이 궤짝에 넣고 자물쇠로 채우시오. 그 뒤의 일은 그때 가서 말하리다. 조금도 걱정할 것은 없소. 당신이나 그에게 조금의 해도 입히지 않을 것을 약속하겠소."

선택의 여지가 없는 아내는 그렇게 하겠다고 대답했습니다.

다음날 아침, 제빠와 스피네로쵸는 여느 때처럼 같이 있었습니다. 그런데 아홉 시가 되니 스피네로쵸는 그 시각에 제빠의 아내를 만날 약속을 했으므로 제빠에게 이렇게 말했습니다.

"나는 오늘 아침에 어떤 친구와 아침 식사를 같이 하기로 했네. 그가 기다릴 테니 이만 가봐야겠군."

그러자 제빠가 말했습니다.

"식사시간치고는 너무 이르지 않은가?"

스피네로쵸가 대답했습니다.

"아니, 그래도 가야 해. 중요한 얘기가 있어서 빨리 가봐야겠네."

아무것도 모르고 있는 스피네로쵸는 곧 제빠와 헤어져 먼 길로 돌아서 제빠의 집으로 갔습니다. 그리하여 제빠의 아내와 둘이서 침실로 들어갈 찰나에 맞추어 제빠가 돌아왔습니다. 제빠의 아내는 그 소리를 듣고 겁에 질린 얼굴을 하며 남편이 말한 궤짝 속에 그를 숨겼습니다. 그리고 자물쇠로 채운 다음 침실에서 나왔습니다.

제빠는 그의 친구 스피네로쵸가 들을 수 있도록 큰소리로 아내에게 말했습니다.

"여보, 배가 고프니 빨리 식사를 들도록 합시다."

"네, 곧 준비하죠."

"스피네로쵸는 오늘 아침에 어떤 친구와 식사를 같이 하기로 했다더군. 그러니까 부인이 혼자 있을 거야. 이왕이면 그 부인도 불러요. 집에 와서 식사를 같이 하자고 말이요."

그녀는 지은 죄가 있는지라 순순히 남편의 명령대로 했습니다. 스피네로쵸의 아내가 오자 제빠는 아주 반갑게 맞아들이며 정답게 그녀의 손을 잡더니 자기 아내더러 부엌에 가 있으라고 작은 소리로 말했습니다. 그리고 그녀를 침실로 데리고 들어가더니 방문을 안에서 잠가 버렸습니다.

스피네로쵸의 아내는 제빠가 침실 문을 잠그는 것을 보자 이렇게 소리쳤습니다.

"어머나, 제빠 씨! 대체 이게 무슨 짓이에요? 당신은 이렇게 하시려고 나를 부르셨나요? 이것이 스피네로쵸와 다정한 친구인 당신의 행위입니까? 이렇게 하는 것이 친구간의 우정의 표시인가요?"

그러자 제빠는 그녀의 남편이 갇혀 있는 궤짝 쪽으로 다가가 그녀의 손을 잡으면서 이렇게 말했습니다.

"부인, 그런 말씀을 하시기 전에 내가 지금부터 하는 말을 잘 들어 주십시오. 나는 스피네로쵸를 형제처럼 사랑해 왔으며 지금도 사랑하고 있습니다. 그런데 내가 그처럼 믿었던 그놈이 어제 나의 아내와 잠자리를 같이 하는 것을 보았단 말입니다. 그는 내가 그 사실을 모르는 줄 알고 있소.

그렇지만 나는 그를 사랑하고 있는 만큼 그가 내 아내를 겁탈한데 대해 나도 당신을 겁탈해 내가 받은 모욕을 그대로 앙갚음하고 싶은 것뿐입니다. 만약 당신이 이에 응하지 않으면, 나는 그놈이 내 아내와 즐기는 현장에서 그놈을 잡아야 할 것이요. 나는 이 모욕을 그대로 눈감아 줄 생각은 조금도 없으므로 당신이나 그가 안심하고 살 수 없을 정도의 보복을 해 줄 것입니다."

이 말을 들은 스피네로쵸의 아내는 제빠가 말한 것이 모두 사실이라 믿고 이렇게 말했습니다.

"제 남편이 잘못을 했으니 하는 수 없군요. 당신 말씀대로 하겠어요. 하지만 우리가 이렇게 하지 않으면 안 된다고 하더라도 저는 당신 부인과의 우정만은 깨뜨리고 싶지 않습니다. 비록 당신 부인이 제게 모욕을 주었더라도 개의치 않고 이전처럼 지내고 싶습니다."

그러자 제빠는 이렇게 대답했습니다.

"그건 걱정 마세요. 뿐만 아니라 당신 외에는 아무도 갖지 못할 값비싸고 아름다운 보석을 얻게 될 것이요."

말을 맺은 그는 그녀를 껴안고 키스하며 그녀의 남편이 갇혀있는 궤짝 위에 그녀를 뉘였습니다. 그리고는 그 위에

서 지금껏 가져보지 못한 열정을 가지고 마음껏 그녀와 즐겼습니다. 스피네로쵸의 아내도 지금까지 맛보지 못한 묘한 흥분감에 황홀할 지경이었습니다. 그래서 그들은 몇 번의 황홀경에 빠져들었습니다.

궤짝 속에 갇힌 스피네로쵸는 제빠가 한 말과 자기 아내의 대답도 들었습니다. 게다가 궤짝 위에서 이뤄지는 환희의 소리도 들었으니 그는 죽음과도 같은 괴로움을 오래 동안 맛보았을 것입니다.

만약에 제빠가 두렵지 않았다면 궤짝 속에서 아내를 마구 욕했겠지요. 그러나 애당초 잘못한 사람은 자기 자신이고 보니 제빠가 그렇게 하는 것도 무리가 아니라는 생각이 들었습니다. 그리고 자기가 큰 실수를 저질렀음에도 불구하고 친구로서 대해준 제빠에게 고마움을 느끼며, 만약 그가 원한다면 전보다 더 친한 친구가 되어야겠다고 생각했습니다.

한편 마음껏 남의 아내와 즐긴 제빠는 궤짝에서 내려왔습니다. 이때 부인이 아까 약속한 귀한 것이란 무엇이냐고 물었습니다. 그러자 제빠는 아무 대답없이 자기 아내를 들어오라고만 하였습니다.

제빠는 아내더러 궤짝을 열라고 말했습니다. 그녀는 그가 시키는대로 그 궤짝을 열었습니다.

자, 그 속에 있는 스피네로쵸와 남편의 머리 위에서 다른 남자와 묘한 소리를 내가며 황홀지경에 빠졌던 아내와 어느 쪽이 더 부끄러워했을까요. 아무래도 간단히 판단할 수는 없을 것 같습니다.

스피네로쵸는 궤짝에서 기어나오며 이렇게 말했습니다.

"제빠, 이젠 피장파장이 되었네. 아까 자네가 집사람에게 말한 것처럼 우리는 그전처럼 우정을 버리지 말고 지내세. 우리들은 서로가 아내를 따로따로 가졌다는 것밖에는 다른 점이라곤 아무것도 없으니 앞으로는 공유하지 않겠나?"

제빠는 그 제의를 받아들였습니다. 이리하여 네 사람은 세상에서 둘도 없을 정도로 사이좋게 오순도순 식사했습니다. 그리고 그 뒤로는 서로 바꾸어가며 사랑의 희열을 나누며 아내들은 두 남편을 섬기게 되었고 남편들은 저마다 두 아내를 거느리고 살았습니다.

Giovanni Boccaccio

아홉 번째 이야기

사랑이라는 것은 누구의 충고
나 반대로 이루어지거나 좌절되는 것이 아니고 사랑하는 감
정 그 자체가 아름다움으로 승화되는 것입니다.

　어른들 말에 의하면 피렌체에 레오나르도라는 엄청난 재
산을 가진 상인이 살고 있었답니다. 그런데 아내가 아들을
낳고 얼마 되지 않아 레오나르도는 죽고 말았습니다. 참으
로 안타까운 일이지요.

　그 아내는 재혼할 생각은 않고 오직 외아들인 지롤라모
만을 키우며 그것을 보람으로 여기며 살았습니다. 참으로
보기 드문 훌륭한 여인이지요. 그 덕분에 아이는 아주 잘

성장했습니다.

그 아이는 누구와도 잘 어울렸습니다만 그 중에서도 같은 나이인 양복점 딸 살베스트라와는 아주 단짝이었습니다. 동갑이기 때문에 서로를 잘 이해했으며 이야기도 아주 잘 통했습니다.

그런데 그걸로 끝났으면 좋았을 것을 그 어린것들이 일찌감치 우정의 차원을 넘어 소위 사랑을 시작했던 겁니다. 처음엔 대수롭지 않게 생각했던 그의 어머니로선 무척이나 걱정이 되었겠지요.

그 사랑의 정도가 문제인데, 지롤라모와 살베스트라는 아주 깊이, 그리고 열렬히 사랑하여 서로를 보고 확인하지 않으면 견딜 수가 없을 지경에 이르렀습니다.

어머니는 화가 나서 아들을 불러 꾸짖고 몹시 책망했습니다.

"얘야, 넌 아직 어리단다. 앞으로 넌 얼마든지 많은 여자와 교제할 수 있으며 양복쟁이 딸보다 훨씬 아름다운 여자들이 줄지어 서있단다. 그런데 그따위 천하고 가난한 애와 가깝게 지내다니…."

그러나 아무리 애를 써도 아들의 마음을 돌릴 수가 없었습니다. 돈만 있으면 가시나무도 오렌지나무로 만들 수 있다고 생각하던 어머니는 몹시 실망하여 그 아이의 후견인들을 모아놓고 이렇게 말했습니다.

"이제 겨우 열 네 살밖에 안 되는 녀석이 양복점 딸아이한
테 완전히 홀렸습니다. 지금 저 아이들을 떼어놓지 않으면
저 아이는 가슴을 태우다 필경 병들어 죽을지도 모릅니다.

그래서 얘긴데, 저 아이한테 장사라는 구실을 붙여서 여
기서 아주 먼 곳으로 떠나보내면 어떨까요? 그렇게 오래 떨
어져 있다보면 자연히 그 계집아이를 잊을 것이고 그 때 가
서 훌륭한 집 규수를 맞이하면 되지 않겠습니까?"

후견인들도 그녀의 말에 동조하였으며 좋은 생각이라며
찬성의 뜻을 분명히 했습니다. 그리고 그 중의 한 사람이
지롤라모를 사무실로 불렀습니다.

"자네도 이제 많이 컸으니 천천히 일을 배워야겠네. 내
생각엔 말이야. 자네 집 재산이 대부분 파리에 집중적으로
투자되어 있단 말일세. 그러니 거기서 장사를 배우면 어떻
겠나. 또 거기엔 귀족들도 많이 있지. 그런 분들과 사귀면
세련된 태도와 품위를 익힐 수 있다네. 그래가지고 돌아오
면 얼마나 좋겠나."

이 말을 듣던 지롤라모는 한마디로 거절의 뜻을 분명히
했습니다. 그러면서 이곳에서도 그런 일은 충분히 배울 수
있다고 조롱하듯 말했습니다.

그래서 후견인들은 다른 핑계를 대가며 파리로 보내려

했지만 아무런 진전이 없었으므로 별 수 없이 부인에게 사실대로 보고했습니다.

부인은 아들이 구태여 떠나지 않으려는 속마음을 알고 있기에 마구 꾸짖었습니다. 그리고 달래면서 밀고 당기는 신경전이 계속되었던 것입니다.

"넌 일시적인 사사로운 감정 때문에 네 인생을 망칠 셈이냐? 대장부로 태어났으면 포부를 갖고 넓게 세상을 볼 줄도 알아야 돼! 그게 내가 바라는 단 하나의 소망이란다."

그녀는 이렇게까지 말하면서 단 일 년만이라도 좋으니 가서 견문을 넓힐 것을 애원하다시피 하였습니다. 그래서 지롤라모는 거절할 수가 없어서 마지못해 떠났습니다.

뜨거운 사랑의 불씨를 가슴에 안은 채 파리에 도착했는데, 막상 와보니 쉽게 그곳을 다시 떠날 수가 없었습니다. 그래서 차일피일 하다 보니 어느새 2년이라는 세월이 속절없이 흘렀습니다.

하지만 그는 결코 살베스트라에 대한 애정의 불씨를 꺼트린 적은 없었습니다. 오히려 날이 갈수록 걷잡을 수 없이 타올라 그는 마침내 다시 고향으로 향했습니다.

하지만 그가 고향으로 돌아왔을 때는 이미 그녀는 근면하고 성실한 천막 제조업자에게 시집간 후였습니다.

몹시 실망한 그는 깊은 허탈감으로 방황하며 슬픈 나날을 보냈지만, 그렇다고 그녀를 포기하기에는 그녀에 대한 사랑이 지나치게 컸던 탓으로 시집간 그녀의 집을 찾아가 주변을 맴돌았습니다.

못난 자식…

비록 그녀가 주변의 강요에 의해 시집은 갔을지언정 자기만을 기다리며 깊은 슬픔의 나날을 보내고 있을 거라는 생각으로 그녀를 만났지만 그녀는 전혀 아는 체도 하지 않았습니다.

2년 밖에 되지 않았는데 벌써 자기를 잊었을지도 모른다는 생각을 하자 정말이지 서운한 마음을 어찌 달래야 할지 몰랐습니다. 그렇다고 그가 쉽게 물러나지는 않았습니다. 그래서 그는 목숨을 걸고서라도 한번 만나 보리라! 그리고 그녀의 진심을 알아보겠노라고 굳게 결심을 했습니다.

그는 그녀의 이웃집 사람들에게 물어 그 집의 내부구조를 상세하게 알아냈습니다. 그리고 그녀가 남편과 함께 만찬에 참석한 틈을 타 살며시 그녀의 집으로 들어가, 침실에 펼쳐진 커튼 뒤에 몸을 숨겼습니다.

이렇게 한참이 지났을까? 그들 부부가 돌아와 잠자리에 들었습니다. 마침내 그녀의 남편이 완전히 잠들었을 때 살며

시 그녀 곁으로 가서 가슴에 손을 얹으며 나지막한 소리로 말했습니다.

"내 사랑, 살베스트라. 벌써 잠이 든 거요?"

아직 깊이 잠들지 않았던 그녀는 깜짝 놀라 소리를 지를 뻔했습니다. 지롤라모는 황급히 그녀의 입을 손으로 막으며 당황하여 이렇게 말했습니다.

"소리치면 안 돼요. 난 당신의 지롤라모요!"

그러자 그녀는 온 몸을 떨면서 이렇게 대답했습니다.

"제발 부탁이니 어서 나가 주세요. 전에 사이좋게 지내던 것은 모두 옛날 이야기지요. 당신도 알다시피 난 이미 남의 아내가 되었습니다. 남편 있는 몸으로 다른 남자에게 마음을 허락한다면 난 결코 사람노릇을 하지 못할 겁니다. 제발 소원이니 나가 주세요!

만일 내 남편이 당신의 말소리를 알아듣는다면 설령 당신과 아무런 일이 없었다 해도 결코 나는 남편과 평화롭게 한평생을 보내지 못할 것입니다. 지금 우리 부부는 서로를 사랑하고 있으며 적어도 우리는 만족하고 행복한 생활을 하고 있답니다."

지롤라모는 이 말을 듣고 찢어지는 듯한 아픔과 절망, 그리고 슬픔을 느꼈습니다. 그러나 그는 아주 즐거웠던 옛날 이야기를 하였고, 파리에 가있는 동안에도 잠시도 그녀를 잊은 적이 없었노라고 말하면서 자기의 사랑을 받아줄 것을 애원해 보았지만 아무런 소용이 없었습니다.

그러자 그는 이제 자기가 갈 길은 오직 하나밖에 없다고 생각하며 마지막으로 이렇게 부탁했습니다.

"난 이제까지 당신만을 사랑하여 왔소. 내가 어리석었음을 인정하오. 내 사랑이 어떤 대가를 바랐던 것은 아니지만 난 지금 몹시 춥소. 당신을 기다리는 동안 내 몸이 얼었소. 그러니 몸이 녹을 때까지만 곁에 있게 해 주오.

그럼 난 아무 말도 하지 않을 것이며 당신의 몸엔 손가락 하나 대지 않겠소. 그리고 나서 난 조용히 이곳을 빠져나갈 것이오."

남자의 애절한 말에 감동한 그녀는 그것마저 마다할 수가 없었습니다. 그래서 그는 그녀 곁에 누웠지만 약속한 대로 그녀의 체취와 체온만을 느끼며 꼼짝도 하지 않았습니다.

지롤라모는 조용히 생각했습니다. 이제까지 그녀에게 향했던 뜨거운 사랑, 그리고 지금 자신에 대한 그녀의 차가운 감정, 결혼, 행복한 생활…

이제 더 이상 그녀에게 발붙일 곳이 없음을 확인한 그는 마침내 최후의 결단을 내렸습니다.

잠시 후, 얼마가 지났는지는 알 수 없었지만 너무나 조용한 탓에 그녀는 살며시 그를 쳐다보았습니다. 하지만 그는 미동도 하지 않고 있었습니다.

"지롤라모 씨! 이제 그만 돌아가시지요."

하지만 역시 대답이 없었으므로 잠이 들었나싶어 흔들어 보았지만 대답은 없고 싸늘한 체온만을 확인했습니다. 그녀는 몹시 당황하여 어찌할 바를 몰랐습니다.

지롤라모는 죽음을 결심했던 거지요. 그래서 그는 평생 소원인 그녀 곁에서 죽기로 작정하고는 숨을 쉬지 않았습니다. 물론 생체적인 욕구를 마다하기란 몹시 어려웠겠지만 두 손을 꼭 잡고 그는 사랑의 막강한 힘으로 그의 호흡욕구를 끝내 이겨내고 무사히 죽음의 관문을 통과했던 겁니다.

세상엔 이런 일도 있나 봅니다.

그녀는 냉정을 되찾고 남편을 흔들어 깨워 마치 다른 집에서의 일을 이야기하는 것처럼 만약 그런 일이 있다면 당신 같으면 어떻게 처리하겠냐고 물었습니다.

그러자 그 착한 남편은 자기라면 그 지롤라모의 남몰래 그의 집 앞에 갖다 놓고 오겠다고 하였습니다.

"그렇다면 나도 그렇게 해야겠네요!"

그녀는 이렇게 말하면서 남편의 손을 끌어 시체의 가슴에 얹었습니다.

기겁을 한 남편은 하마터면 심장마비에 걸려 죽을 뻔했습니다. 줄초상이 날 뻔했지요. 하지만 그는 이내 안정을 되찾고는 불을 켰습니다.

평소부터 아내의 순결에 대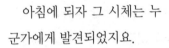
해 티끌만한 의혹도 갖지 않았
던 그는 더 이상 묻지 않고 자
기의 옷을 씌워 시체를 어깨에
메고 그의 집앞에 가지런히 놓
고 돌아왔습니다.

아침에 되자 그 시체는 누
군가에게 발견되었지요.

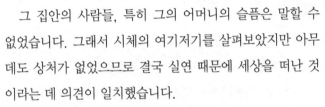

그 집안의 사람들, 특히 그의 어머니의 슬픔은 말할 수
없었습니다. 그래서 시체의 여기저기를 살펴보았지만 아무
데도 상처가 없었으므로 결국 실연 때문에 세상을 떠난 것
이라는 데 의견이 일치했습니다.

비탄해 하는 친척들, 그리고 이웃 사람들과 함께 그의 어
머니는 정신을 잃어가며 성당으로 무거운 발걸음을 따라 옮
겼습니다.

마침내 시체가 성당에 도착되자 그곳 의식에 따라 모두
들 애도의 통곡을 하였습니다. 이 곡소리가 울려오자 살베
스트라 남편이 그녀에게 이렇게 제의해 왔습니다.

"여보, 당신도 베일로 얼굴을 가리고 성당에 가보는 게
어떻겠소? 나도 남자들 틈에 끼어 사람들이 이 사건에 대해

어떻게 얘기하는지 알아보고 오겠소."

그렇지 않아도 동정심이 일던 살베스트라는 남편의 이 말을 듣고 무척이나 다행스럽게 생각했습니다. 생전 키스 한번 하락하지 않았던 그가 세상을 떠나고 보니, 그것도 자신에게 사랑을 갈구하다 죽은 그를 생각하니 그녀 또한 여러 가지 감정이 교차하던 터라 성당으로 달려갔습니다.

그가 죽기 전까지만 해도 지롤라모에 대한 사랑은 염두에 두지도 않았던 그녀였지만 그의 불행한 죽음을 보고는 마음의 동요가 일어났으며 차츰 옛정이 되살아나고 있었습니다.

더구나 싸늘하게 식어있는 그를 대하자 그녀의 마음은 진동의 차원을 넘어 폭발할 것만 같았습니다. 그래서 그녀는 왈칵 통곡을 하면서 죽은 지롤라모 위에 몸을 내맡겼습니다.

하지만 오랫동안 울지는 못했습니다.

그녀의 몸이 채 시체에 닿기도 전에, 전날 밤 그가 세상을 떠났던 것처럼 그녀도 순간적으로 복받치는 슬픔을 가누지 못하고 숨이 끊어졌던 것이지요.

잠시 어색한 침묵이 흘렀습니다.

주변에 있던 상주들은 그녀가 누구이며 또한 그녀가 죽었으리라고는 감히 생각할 수도 없었으므로 이제 그만 진정하라고 일으켰지만 도대체 움직이질 않았습니다.

나중에서야 그녀가 죽은 걸 알게 되었고 또한 그녀가 살베스트라인 것을 알고는 모두들 감동이 되어 다시 큰 소리로 울었습니다.

이 소식은 즉시 성당 밖에 있던 사람들에게 전해졌는데 거기에 있던 남편도 그 소식을 듣게 되었습니다. 그는 다른 사람들의 위로의 말도 듣지 않고 잠자코 생각에 잠겼습니다.

그리고 사람들에게 지난밤에 있었던 일을 말해 주었습니다. 그러자 사람들은 그제야 모든 것을 알 수 있다는 듯이 고개를 끄덕였습니다. 그리고 두 사람의 슬픈 사랑을 떠올리며 애통한 마음을 울음으로 표했습니다.

마침내 남편의 동의를 받아 살베스트라에게도 수의가 입혀졌으며 죽은 두 사람은 성당의 의식에 따라 장례식을 마친 다음 같은 무덤에 묻혀졌답니다.

살아서 함께일 수 없었던 두 연인은 이렇게 하여 다시는 죽음이 있을 수 없는 영원한 곳에서 부부로 맺어졌던 것입니다.

주여! 그들에게 축복을….

Giovanni Boccaccio

열 번째 이야기

어느 날, 파리에 있는 한 여관에 이탈리아 장사꾼들이 모여 투숙하고 있었습니다. 그들은 장사가 잘되어 매우 흡족해 하며 잡담을 나누다가 집에 두고 온 아내에 대해 이야기했습니다.

"내 여편네가 지금 무슨 짓을 하든 그게 뭐 그리 중요하겠소. 나도 예쁜 계집하고 재미나 보면 그만이지…."

그러자 옆에 있던 사람도 이렇게 응했습니다.

"내 아내가 정조를 지키든 안 지키든, 내가 알 바 아니라오. 참견할 일도 아니고. 암컷과 수컷이 만나 서로 좋아하면 그만이지, 그걸 어쩌겠소. 소리치면 메아리는 있게 마련 아니겠소."

또 한 사람이 나서서 말했습니다.

"집구석에 처박혀 무얼 하겠소. 그것도 매일같이…. 아마 옛 애인을 만나던지 아니면 동네 청년과 놀아나겠지, 젠장!"

그러나 제노아에서 온 베르나보는 강력하게 반대 의견을 내놓았습니다.

자신은 신의 은총으로 이탈리아에서는 찾아보기 힘든 아주 정숙한 여인을 아내로 맞았다고 자랑했습니다. 또 자기의 아내는 가정교육을 제대로 받았으며 싹싹하고 바느질도 잘하며 남편 섬기는 일에 조금의 소홀함도 없다고 하였습니다.

또 그의 아내는 웬만한 상인보다도 셈을 잘하는 데다가 글솜씨 또한 뛰어나고 그녀의 절개는 세상에서 찾아볼 수 없을 거라는 팔불출 같은 이야기를 했습니다.

그는 마지막으로는 이렇게 단언했습니다.

"내가 집을 떠나 십 년, 아니 한평생을 떠나 있어도 그녀는 결코 다른 남자와 연을 맺지 않을 겁니다!"

그러자 잠자코 있던 암브로주올로라는 사나이가 배알이 뒤틀리는지 이렇게 빈정거렸습니다.

"허헛, 그럼 황제께서 당신에게만 특별히 그런 여자를 보내줬단 말이오?"

그러자 그가 이렇게 되받았습니다.

"황제보다 권력이 크신 하느님이오!"

그러자 암브로주올로가 타이르는 말투로 말했습니다.

"나도 당신이 거짓말을 하고 있다고는 생각지 않소. 다만 한심할 뿐이지. 세상 인심에 대해 너무 둔감한 탓에 내 여자만큼은 다른 여자들과 근본적으로 차이가 있다, 내 여자만큼은 훌륭한데 다른 여자들은 그렇지 못하다고 생각한다면 그건 크게 잘못된 생각이오.

자, 봅시다!

세상의 남자야말로 만물의 영장이고, 여자는 그 다음으로 꼽고 있소. 이것은 사실이며 또한 진실이오. 여자에 비하면 남자들은 훨씬 완전에 가깝소. 이것은 확실하면서도 앞으로도 불변할 진리요! 여자는 원래 변화가 무쌍하오. 도대체가 변하기를 좋아하지. 하지만 남자는 변하질 않소.

그런데, 이 굳건한 남성도 향수 냄새를 풍기며 다가오는 여자에게는 도대체 억제할 능력을 상실하고 마오. 그것도 한 달에 한두 번이 아니라 하루에도 수천 번씩이나 유혹을 받게 되오.

자, 한 번 생각해 보시오.

본래 태어나길 변하기 쉽게 되어있는 여자에게, 남편이 없을 때 멋지게 생긴 남자가 달콤한 속삭임으로 애원하며

건장한 육체를 과시할 때 과연 그 연약한 여자들이 사정없이 뿌리칠 수 있다고 생각하오?

물론 당신이 조금 전에 그렇게 주장하긴 했지만 진심으로 그렇게 생각한다고는 믿지 않소. 당신도 당신의 아내가 여느 여자들과 같이 인간의 육체를 가진 하나의 연약한 여인이라는 것을 알고 있을 것이기 때문이오. 그러므로 당신 부인도 육체적인 성적 욕구가 있을 것이고, 그 욕구를 자제하는 힘이 다른 여자들보다 훨씬 강하다고는 생각지 않을 것이기 때문이오.

자, 그러니 당신 부인이 제아무리 정조관념이 철저하다 하더라도 다른 여자들처럼 집에서 어떤 괴상한 짓을 하고 있을지는 모르는 일이오.

누구에게나 있을 수 있는 일을 가지고 혼자서만 잘난 체하며 고집부리는 것은 옳은 일이 아니오."

베르나보가 잠시 생각하더니 말했습니다.

"난 장사꾼이지 철학자는 아닙니다. 그래서 장사꾼처럼 얘기하겠습니다. 당신이 말한 그런 여자들은 전혀 인간으로서의 가치가 없는 자들입니다. 아주 어리석은 자들이지요. 진실하고 이성이 있는 여자라면 당연히 명예를 중하게 여기기 때문에 일시적인 육체적 욕구를 자제할 것입니다. 내 여자가 바로 그런 여자이지요."

암브로주올로가 마땅치 않다는 듯이 또 말했습니다.

"흠, 만일 좋지 못한 일을 할 적마다 이마에 뿔이 하나씩 돋아난다면 아마 나쁜 짓을 하려고 하지 않겠지요. 하지만 아무리 나쁜 짓을 해도 강물에 배 지나간 것처럼 흔적을 남기지 않거든요. 그러니 약삭빠른 여자들은 아무 흔적도 남기지 않고 욕망이 이는 대로 몸을 맡기는 거지요.

그러므로 어리석고 민감하지 못한 여자들만 빼고는 거의 대부분이 남몰래 재미를 보고 있는 거라구요. 물론 칠칠치 못한 여자들은 발각되어 여러 추문을 흩뿌리는 우둔함을 내보이게 되지만 말이요.

세상 사람들이 순결하다고 여기는 여자란, 남자의 유혹을 전혀 받아보지 못한 매력 없는 여자나 아니면 한 남자를 홀로 사랑하다가 발길로 채인 여자들뿐이라는 것을 알아야 하오.

내가 지금 말한 것은 당연한 자연의 섭리로써 변할 수 없는 진실이라는 것을 나는 확신합니다. 내가 이렇게 자신하는 것은 그동안 수많은 여자와 재미를 보아왔기 때문이지요.

찍었다 하면 침대에 눕혔지요!

난 당신에게 자신 있게 말할 수 있소. 당신 부인이 아무리 정조관념이 강하다 해도 기회만 주어진다면 한번에 내 품에 안을 수 있소."

이 말을 듣자 베르나보는 크게 화가 나서 말했습니다.

"당신 말은 너무 지나치오. 당신 생각에 모든 여자들은 변하기 쉽고 마음만 먹었다하면 모든 여자들을 눕힐 수 있다고 생각하는 모양인데, 그렇지 않다는 것을 알아야 하오. 내 아내에 대한 정조를 나는 확신하지만, 그렇다면 이렇게 합시다.

만약 내 아내를 당신이 손에 넣는다면 내 목숨을 바치리다! 하지만 당신이 실패한다면 나에게 천 피오리노를 내시오."

열받은 암브로주올라가 진정하며 말했습니다.

"좋소, 하지만 내게 당신의 목숨이 무슨 소용이 있겠소. 당신이 정말 당신 아내를 시험하고 싶다면 오천 피오리노를 거시오. 그게 목숨을 거는 것보다는 낫지 않겠소? 내게 3개월 간의 여유를 준다면 난 기필코 당신 아내를 손에 넣을 것이며 그 증거로써 부인께서 귀히 여기는 장신구를 가지고 오리다.

또 결정적인 증거를 제시하겠소. 하지만 이 일이 진행되는 동안 당신은 그곳에 가면 안되고 또한 편지를 써서 이 사실을 알린다면 당신이 패배한 것으로 간주하겠소."

베르나보는 즉시 동의했습니다.

주위에 있던 상인들이 말리려 했지만 둘 다 몹시 흥분하여 있었기 때문에 아무 소리도 그들에겐 들리지 않았습니다.

마침내 그들은 약정서를 작성하고 서명하였습니다. 그리고 암브로주올로는 서둘러 베르나보의 아내인 치네브라 부인이 있는 제노아로 떠났습니다.

제노아에 닿은 그는 잽싸게 치네브라 부인이 살고 있는 동네에 잠입하여 그녀에 대한 자료를 조사하였으며 또한 그녀의 인품에 대한 파악에 나섰습니다.

사실 그녀는 매우 정숙한 여자였으며 베르나보가 자랑할 만도 했습니다. 그는 자신이 잘못 판단했다는 것을 인정하지 않을 수 없었습니다. 그러나 그는 단념하지 않고 그녀와 매우 친하게 지내는 가난한 여자에게 우선 접근했습니다.

그는 그 가난한 여자에게 신임을 얻기 위해 약간의 돈도 주었으며 자신은 무척이나 예의바른 사람처럼 행동했습니다.

날이 지남에 따라 늑대같은 암브로주올로는 그녀를 마음대로 조종할 수 있었습니다. 그는 재빨리 궤짝을 하나 만들어 그 안에 들어가 그것을 베르나보의 부인침실에 갖다놓게 하였습니다. 그리고는 며칠간만 궤짝을 보관해 줄것을 청하였습니다.

거절할 이유가 없는 부인은 그 제의에 아무 생각 없이 응했지요.

기다리던 밤이 되었습니다.

암브로주올로는 열쇠로 뚜껑을 열고 살금살금 궤짝에서 빠져나왔습니다.

방에는 불이 켜져 있어 그 방의 구조와 장식물, 그리고 그 밖의 눈에 띄는 것들을 자세히 관찰하여 똑똑히 기억해 두었습니다. 그리고는 가쁜 숨을 죽이며 그녀가 누워있는 침대 곁으로 갔습니다. 치네브라 부인 곁에는 어린 여자아이가 새근새근 잠들어 있었습니다.

살며시 이불을 들추어보니 낮에 보던 모습보다도 더욱 아름다웠습니다.

아! 이를 어쩐다?

그는 욕정이 발동하여 목숨을 걸고서라도 그녀의 아름다운 육체를 탐하고 싶었지만 차가운 이성이 그의 뜨거운 가슴을 식혀주었습니다.

'우선 증거가 될만한 것을 찾아보자'

그는 그녀의 목덜미부터 아래로 시선을 모아 훑어 내려갔지만 특별히 별다른 특징을 잡아내지 못하다가 왼쪽 젖가슴 밑에 점이 하나 있고 그 주변에 대여섯 개의 황금색 털이 나있는 것을 발견하였습니다.

'좋다! 이거면 됐다.'

그는 살그머니 이불을 덮어 주고는 숨을 깊이 내쉰 다음 머리를 흔들며 아쉬운 마음을 떨쳐냈습니다. 그가 이렇게 포기한 것은 그녀가 워낙 미련하리만치 정조에 대한 관념이 철저하여 잘못했다간 망신만 살 우려가 있기 때문이었습니다.

그는 그날 밤새도록 침실에 있었으므로 옷장 안에 숨겨 둔 보석 상자며 지갑이며 주머니 등을 샅샅이 뒤져 그 중에 쓸만한 몇 가지를 챙겨 날이 샐 무렵 궤짝 안으로 다시 들어갔습니다.

다음날 밤도 이렇게 보냈습니다.

그리고 사흘째 되는 날에 그 가난하고 맘씨 좋은 여자는 그 궤짝을 찾아 원래 있던 곳에 옮겨 놓았습니다.

암브로주올로는 얼른 열쇠로 열고 나와서 약속한 대로 돈을 주고는 훔친 물건을 챙겨 부랴부랴 파리로 돌아갔습니다.

파리에 도착한 암브로주올로는 내기에 입회했던 상인들과 장본인을 불러 모아놓고 자기는 그 일에 성공했다고 말했습니다.

그 증거로서 그녀의 방에는 어떠한 그림이 어느 쪽에 걸려 있으며 침대는 어떻게 생겼고 이불은 무슨 색깔이었으며 또한 자기가 훔쳐온 물건들을 내보이며 이것들은 전부 부인이 정표로써 자기에게 건네준 것이라고 하였습니다.

베르나보는 내심 몹시 실망하였지만 그의 말이 별로 틀리는 점이 발견되지 않았고, 그가 내보이는 물건들 또한 자기 아내의 것이 틀림없음을 확인하였습니다. 하지만 그것만 가지고는 승복할 수 없다고 하였습니다.

방의 구조나 액자 같은 것은 누구나 알 수 있는 것이고 물건들도 누구에게 시켜 가지고 나오게 할 수 있는 거라며 그것만으로는 증거가 될 수 없다며 강력히 항의했습니다.

이에 대해 암브로주올로가 마지막 일격을 가했습니다.

"사실은 이것들로도 증거는 충분하오. 하지만 더 이상의 것을 요구한다면 내 말하리다. 그녀는 왼쪽 젖가슴 밑에 검은 점이 하나 있으며 그 주변엔 대여섯 개의 황금색 털을 가지고 있지요."

베르나보는 이 말을 듣자 비수로 심장을 찔리는 듯한 고통을 느꼈습니다. 그의 안색은 금세 사색이 되어 사실상 암브로주올로의 말을 인정한 듯 했습니다.

잠시 후 그는 간신히 이렇게 말했습니다.

"맞습니다. 저자의 말에 조금도 의심의 여지가 없소. 난 패배했소. 내기에 걸었던 돈은 언제라도 지불하겠소."

다음날 그는 약속한 돈을 청산하고 아내에 대한 배신감을 억누르며 제노아로 급히 향했습니다.

자기 집에서 약 20마일 못미친 곳의 별장에 여장을 푼 그는 자기가 가장 신뢰하는 하인을 시켜 아내에게 편지를 보냈습니다. 그 편지에는 자기가 지금 이곳에 와 있으며 할 일이 있으니 보내는 하인과 함께 오라고 하였습니다. 물론 그 하인에게는 적당한 장소를 잡아 그녀를 없애버리라고 하였지요.

하인이 부인에게 그 편지를 전하자 부인은 몹시 기뻐하며 다음날 두 필의 말에 나누어 타고 별장으로 향했습니다.

마침내 숲과 바위로 사방이 둘러싸인 인적이 드문 골짜기에 도착하자 이곳이야말로 명령을 수행할 적소라고 생각한 하인은 한쪽 손에 커다란 칼을 들고 부인의 팔을 움켜잡으며 말했습니다.

"주인 마님, 각오하셔야 합니다. 마님은 여기서 죽어야만 한다고요. 이건 운명입니다."

칼을 보자 부인은 혼비백산하여 소리쳤습니다.

"안 돼, 제발 살려 다오. 그런데 날 죽이려는 이유가 뭐지? 그게 뭐냐구?"

하인은 떨리는 목소리로 대답했습니다.

"마님, 마님이 제게 잘못하신 일은 아무것도 없습니다. 그리고 주인님께 무슨 잘못을 하셨는지도 저는 알지 못합니다. 다만
도중에 마님을 없애라는 주인님의 분부
가 있었을 따름입니다.

저는 그 분부를 수행해야만 합니다. 전
주인님께 많은 은혜를 입고 있었거든요. 신께서도
제가 마님의 죽음에 대해 가엾게 생각하고 있다는 것을 아
실 겁니다. 하지만 지금의 저로서는 어쩔 수가 없습니다."

부인은 이 말을 듣고 눈물을 흘리면서 애걸했습니다.

"안 돼, 제발 살려만 다오. 남의 말을 듣고 살인을 하면 안
돼. 그건 결코 옳은 일이 아니야. 난 하늘에 두고 맹세하지만
절대로 내 남편에 대해 티끌만한 잘못도 하지 않았단다.

그래, 내가 지금 이렇게 변명을 해봐야 무슨 소용이겠니.
네가 나를 살려둔다면 그건 곧 하느님과 주인님과 그리고
나를 위해 다같이 좋은 일을 하게 되는 거야. 그러니 자, 이
옷을 전부 벗겨 가라.

대신 너의 외투와 상의를 다오. 넌 내 옷을 가지고 가서
나를 죽였다고 하면 되지 않겠니? 나는 아주 멀리 가서 종적
을 완전히 감출 테니까 말이야. 내 하늘에 대고 맹세하마."

하인은 본래 심성이 착한데다 이 여인을 죽이고 싶은 생
각이 없었으므로 차라리 그게 낫겠다 싶어 부인의 옷을 차
례차례 받아 들고 자기의 외투와 상의를 넘겨주었습니다.

그리고 그는 즉시 그곳을 빠져나와 주인에게로 돌아왔습니다. 그리고 임무는 완수했을 뿐만 아니라 시체는 늑대의 습격을 받아 어디론가 물려갔다고 보고했습니다.

며칠 후 베르나보가 제노아로 갔는데 벌써 아내에 대한 소문이 퍼져 일반 사람들로부터 심한 비난을 받게 되었습니다.

한편, 죽음을 면했지만 의지할 곳 없이 산골짜기에 혼자 남게 된 부인은 밤이 올 것을 가다렸다가 될 수 있는 대로 자기의 본모습을 감추고 근처에 있는 농가로 들어가 구원을 요청했습니다.

그 집에 홀로 살고 있는 노파에게 바늘과 실을 빌려 하인과 바꾼 옷을 뜯어 상의와 바지로 고쳐 입고 머리를 잘라 선원처럼 꾸미고 부두로 갔습니다.

이곳에서 그녀는 우연히 에스파니아의 선주 한 사람을 만났습니다.

그는 엔카르크라고 하였는데 그는 자기 배에서 상륙하여 맑은 샘물을 찾아 왔던 것이었습니다.

남장을 한 그녀는 그와 대화를 하던 중 이름을 시쿠라노라고 고친 다음, 그의 하인이 되어 함께 배에 오르게 되었습니다. 선주는 그녀에게 새로 옷을 사주었습니다. 그리고 그녀가 하인으로서의 일을 아주 충실히 수행했기 때문에 신임하기에 이르렀습니다.

얼마 후 그 배는 짐을 가득 싣고 알렉산드리아로 떠났습니다.

선주는 그 배에 싣고 갔던 매를 황제에게 바쳤는데 황제는 몹시 만족하였던지 몇 번이나 선주를 초대하여 함께 식사를 하였습니다.

거기서 황제는 그 선주의 하인이 몹시 얌전하고 예의바른 태도가 마음에 들었던지 그를 궁전에 남겨달라고 하였습니다. 황제의 부탁인지라 선주는 하는 수 없이 응할 수밖에 없었습니다.

시쿠라노는 궁전에서는 얌전하고 부지런하게 행동하였으므로 황제의 총애를 받았습니다.

이렇게 세월이 흐르던 중, 매년 정해진 때에 열리는 일종의 박람회를 맞이하여 수많은 기독교인들과 사라센 상인들이 그곳에 모여들었습니다.

장이 설 때마다 황제는 이 상인들을 보호하기 위하여 고관 한 사람을 임명하여 그 밑에 많은 관리와 병사들을 주어 경비를 맡겨왔습니다. 그 일의 적격자로 황제는 일찌감치 여러 나라의 말을 두루 구사하는 시쿠라노를 점찍어 놓고 있었습니다.

그래서 그녀는 아크리 성 안의 상인들과 상품들을 보호

하기 위하여 파견된 수비대
사령관이 되었습니다.

그녀는 자기의 임무를
충실히 수행하면서 시칠리
아, 피사, 제노아, 베네치아,
그리고 이탈리아의 여러 지방
에서 온 많은 상인들을 만나게 되었습니다. 그는 그들에게
서 고향에 대해 묻기도 하였습니다.

그러던 어느 날이었습니다. 자주 지나치던 베네치아인의
상점에 진열된 장식품 중에서 여자용 지갑과 벨트를 발견했
습니다. 그건 놀랍게도 자기가 지녔던 것이었습니다.

하지만 그녀는 놀란 척 하지 않고 그 물건이 파는 물건인
지를 물었습니다.

마침 안에 있던 암브로주올로가 밖으로 나오며 미소 띤
얼굴로 대답했습니다.

"각하, 그건 제가 가지고 있는 물건이지 파는 것은 아닙
니다. 필요하시다면 가져가십시오. 그냥 드리겠습니다."

그녀는 이 남자가 웃는 것이 자기의 얼굴을 보고 정체를
파악한 것이 아닌가 싶어 다소 두려운 느낌이 들었지만 이
렇게 다그치듯 물었습니다.

"내가 여자들이나 쓰는 물건에 대해 물으니 그것이 우스

운가?"

그는 매우 당황해 하며 답했습니다.

"아닙니다. 각하. 제가 웃은 것은 그 때문이 아니오라 이 물건을 손에 넣었을 때를 생각해서입니다."

이 말을 듣고 그녀는 매우 안심하며 부드럽게 물었습니다.

"음, 그래? 큰 비밀이 아니라면 내게 얘기할 수 있겠나?"

"예, 각하."

그는 다소 상기된 얼굴로 말을 이어 나갔습니다.

"그 물건은 베르나보라는 사나이의 아내에게서 얻은 것입니다. 저는 그 여인과 하룻밤 잠자리를 같이 해 주었더니 애정의 표시라며 그것을 제게 강요하듯이 주었습니다.

그런데 그 여자의 남편이라는 자는 어찌나 어리석은지 자기의 아내는 절대로 남의 남자와는 잠자리를 함께 하지 않을 것이라며 오천 피오리노를 걸었습니다.

저는 그녀를 침대에 눕히는데 성공하여 재미를 보았으며 또한 내기에서도 승리하여 오천 피오리노를 받아냈지요.

또 한 가지 그가 어리석었던 것은, 남편이 멀리 있거나 없는 여자들은 누구나 했을 그런 일을 자기 아내만큼은 절대로 하지 않을 것이라고 장담했던 겁니다. 어리석은 것은 자기이면서, 그는 하인을 시켜 자기 아내를 죽였다고 하더군요."

그녀는 그제서야 남편이 하인을 시켜 자기를 죽이려 했던 까닭을 알았으며 이 저주받을 인간이야말로 자기를 이제까지 고생의 구렁텅이로 몰아 넣은 바로 그 장본인이라는 것을 알았습니다.

'이런 자는 죽여야 돼, 나쁜 놈!'

그녀는 속으로 이런 생각을 했지만 겉으로는 아주 재미있는 이야기라도 되는 것처럼 흥미로워하며 그와 가까이 지내는 척 했습니다.

그 후 그녀는 박람회가 끝나자 알렉산드리아로 가서 그와 함께 돈을 투자하여 상점을 열고 정착하였습니다.

그녀는 하루라도 빨리 자신의 결백을 증명해 보이고 싶었습니다. 그래서 그녀는 여러 상인들에게 수소문하여 그녀의 남편이 이곳으로 올 수 있도록 여러 방면으로 노력하였습니다. 어느 날, 남편이 초라한 모습으로 나타났습니다.

그렇지만 아직 그녀는 준비가 되지 않아 우선 남편을 친구 집에 머물게 했습니다. 그리고 그녀는 황제에게 이야기꾼 하나를 소개시킨다며 암브로주올로를 대령시켰습니다. 그러자 그는 자기의 애정담을 그럴싸하게 이야기하였으며 황제 또한 흥미있어 했습니다.

그녀는 때가 왔다 싶어 황제에게 간청하여 그 이야기의 진실을 자신이 직접 알아내겠는 허락을 받아냈습니다.

그리하여 그녀의 남편 베르나보와 함께 출두한 암브로주올로에게 황제가 근엄한 표정을 지으며 오천 피오리노를 받아낸 진실을 소상하게 말할 것을 명했습니다.

암브로주올로는 몹시 난처하여 그녀를 바라보며 구원의 눈빛을 보냈지만 황제보다도 차갑고 매서운 표정에 기가 질려 사실대로 말하는 수밖에 없었습니다. 그러면서 만약 사실대로 밝혀지더라도 그 돈을 다시 돌려주면 될 것이라고 생각했습니다.

"폐하, 사실은 …"

모든 사실이 백일하에 드러나자 기다렸다는 듯이 그녀가 재판관의 자격으로 자기의 남편 베르나보에게 물었습니다.

"이런 거짓 이야기를 듣고 넌 아내를 어떻게 했는가?"

"사실 저는 그 당시에 그 이야기를 믿을 수밖에 없었습니다. 아내에게 배신당하고 돈도 빼앗기고 망신을 당했으니, 화가 나서 견딜 수가 없었습니다. 그래서 하인을 시켜 아내를 죽이게 했습니다. 하인말에 의하면 늑대들이 그녀를 물고 어디론가 사라졌다고 하더군요."

황제는 이 같은 신문을 왜 하는지 석연치 않아 의아하게 생각하고 있었습니다. 그때 그녀가 황제를 향해 이렇게 말했습니다.

"폐하, 폐하께서 지금 보시는 바와 같이 그 불쌍한 여인과 동침했다고 거짓말을 한 저 사람이야말로 악독하기 짝이 없는 자입니다. 속임수로 한 여자의 명예에 먹칠을 했고 그 남편에게는 큰 불행을 안겨주었습니다.

또한 그 남편이라는 자는 오랫동안 부부생활을 했으면서도 자기의 아내를 불신하여 하인으로 하여금 죽이게 하고 늑대 밥으로 만든 자입니다. 그 뿐만이 아니라 그렇게 오래도록 같이 살았으면서도 자기 아내를 알아보지 못하고 있습니다.

폐하께서 이 자들이 지은 큰 죄를 다스림에 있어 특별히 은총을 베푸시어 속인 자에겐 큰 벌을 내리시고 속임을 당한 자에게는 관용을 베풀어주시옵기 바라나이다.

그럼 그 불쌍한 여인을 데려오겠나이다.”

황제는 오직 객관적인 입장에 있을
뿐 판결은 그녀가 내리게 할 작정이었
으므로 그렇게 하도록 명하였습니다.

이 말을 듣고 베르나보는 참으로 묘한 생각이 들
었으며 암브로주올로는 이거 큰일났다 싶었습니다. 그녀가
나타남으로써 자기의 운명이 어떻게 바뀔지 판단이 서질 않
았습니다. 하지만 그녀가 살아있다는데에 대해 상당한 호
기심이 생겨 우두커니 바라만 보고 있었습니다.

황제가 청을 들어주자 그녀는 황제 앞에 무릎을 꿇고 눈
물을 흘리며 이렇게 흐느꼈습니다.

"소인을 벌하여 주십시오, 폐하. 소인은 폐하를 기만하
였나이다. 사실은 제가 그 불행한 여자 치네브라입니다. 저
암브로주올로란 자는 제게 무고한 누명을 씌웠으며 저의 무
정한 남편은 저를 죽이려고 했습니다. 가까스로 죽음을 모
면한 저는 그 후 6년 동안 남장을 하고 방황하였나이다."

이렇게 말한 그녀는 남장을 벗어 황제와 여러 신하들 앞
에서 여자임을 입증했습니다.

그리고 노기 띤 어조로 암브로주올로에게 언제 너와 동
침을 했었느냐며 엄하게 문초했습니다. 그러자 그 자는 대
답을 못하고 쥐구멍을 찾았습니다.

황제는 그가 여자였다는 사실에 기막혀 하며 이게 혹시

꿈이 아닌가 하고 생각했지만 그녀의 굳은 절개에 대해서는 크게 찬양하였습니다.

황제는 즉시 그녀에게 맞는 의복을 가져오게 했으며 많은 시녀들을 거느리게 하였습니다.

마땅히 사형을 받아야 할 남편 베르나보는 그녀의 간청으로 죄를 묻지 않았으며 그는 아내에게 지난 모든 과오를 용서해 달라고 빌었습니다.

용서하기 어려운 일이었지만 그녀는 그를 보자 옛정이 되살아나 남편을 따뜻하게 가슴에 안아주었습니다.

그러나 암브로주올로에게는 황제가 친히 명하여, 이 도시의 제일 높은 언덕으로 끌고가 발가벗겨 형틀에 매달고 몸에 꿀을 발라 햇볕을 쬐게 하여 나중에 뼈만 남아 저절로 떨어질 때까지 절대로 풀어주지 말라고 엄명했습니다.

형리들이 이 명령을 수행한 것을 확인한 황제는 암브로주올로의 모든 재산을 이들 부부에게 넘겨주었습니다. 그 재산은 엄청났으며 화려하게 연회를 마련해 주어 위로했으며 그녀를 표창함과 동시에 10만 피오리노 이상 값어치의 각종 장식품과 금은 식기, 비단 등을 하사하였습니다.

한편 형틀에 매달려진 암브로주올로는 그 지방에 유달리 많은 파리와 말벌, 그리고 호박벌 등에 쏘이는 무서운 고통을 받으며 천천히 죽어갔습니다. 그리고 후에 그 시체는 벌레들이 파먹어 마침내 뼈만 남았습니다.

지나던 사람들은 백골만 남은 그의 시체를 치울 생각도 하지 않았으며 그것은 죄악의 증표로써 오래도록 그 자리에 남아 있었습니다.

Giovanni Boccaccio

열한 번째 이야기

아리미노에 토지를 많이 소유하고 있는 부자 상인이 살고 있었습니다. 그에게는 세상에 보기 드문, 무척이나 아름다운 아내가 있었는데 그는 특별한 이유도 없이 거의 병적으로 아내를 의심했습니다. 다만 아내를 몹시 사랑하고 있는데다가 그녀가 뛰어난 미인이었기 때문일 것입니다.

게다가 아내가 애써 자신의 마음에 들도록 처신하고 있는 것으로 미루어 보아 어떤 남자라도 그녀를 좋아할 것이 틀림없다고 지레 짐작을 하였습니다. 또 어느 남자라도 그녀를 보면 아름답다고 생각할 것이고, 아내 또한 자기에게 대하는 것처럼 다른 남자에게도 똑같이 상냥하게 행동할 거라고 생각했기 때문이었습니다.

그러한 이유 때문에 남편은 아내에 대한 감시를 엄하게 할 뿐만 아니라, 그녀의 행동 하나하나를 구속하기 시작했습니다. 그녀는 마치 사형 선고를 받은 중죄인이나 다를 바 없었습니다. 아니 그 죄인도 이처럼 엄한 감시는 받지 않으리라고 생각될 정도였습니다.

따라서 그의 아내는 다른 사람의 결혼식이나 축제에도 혹은 성당에조차도 가지 못했으며 또 무슨 구실로든 단 한 발짝도 집 밖으로 나갈 수 없는 형편이었습니다. 아니 그건 그렇다 치고 더 지독한 것은 창문으로 얼굴을 내미는 일도 금지되었고, 어떤 이유로도 집 안에 있으면서 밖을 내다보지 못하게 하였습니다.

자신에게 아무런 잘못도 없다고 생각하는 부인으로서는 그 고통은 참으로 견디기 어려운 것이었습니다. 이런 식으로 남편에게 부당한 취급을 받을 바에야 차라리 진짜로 사랑의 재미를 맛보기로 했답니다.

하지만 창문으로조차도 얼굴을 내밀 수가 없으니 집 앞을 지나가는 남자에게 추파를 던질 형편도 못 되었습니다. 그런데 우연히 옆집에 젊고 아주 매력적인 청년이 산다는 것을 알고는 옆집과 자기 집 사이의 벽에 구멍을 뚫을 수만 있다면 자주 얼굴을 대하게 될 것이고, 또 상대방이 받아들여 준다면 자기의 사랑을 바쳐도 좋다고 생각했습니다.

어느 날 그녀는 남편이 집에 없을 때 벽면 여기저기를 살피다가 사람들 눈에 띄지 않는 조그만 구멍이 뚫려 있는 곳을 발견했습니다. 그녀가 그 작은 구멍으로 들여다보니 희미하게나마 그곳이 침실이라는 것을 알 수 있었습니다. 그곳을 계속 들여다보며 그녀는 혼자 중얼거렸습니다.

"저 방이 그 청년의 방이라면 얼마나 좋을까. 그렇다면 일이 잘 될 것도 같은데…."

그리하여 평소 자기를 불쌍하게 생각하는 하녀에게 각별히 조심할 것을 일러주며 그 방 주인이 과연 누구인지 알아보도록 했습니다. 하녀는 곧 그 방이 청년의 침실이며 그 청년의 이름이 필리포라는 것을 알려주었습니다.

이렇게 하여 부인은 그 후 틈만 나면 그 구멍을 통해 청년의 방을 엿보았습니다. 그리고 청년이 방에 있다는 것을 알고는 작은 돌멩이나 나무 조각을 던지며 그의 주위를 끌어보려 했습니다. 그러기를 여러 번, 마침내 이를 이상하게 여긴 청년이 그 구멍 가까이로 다가왔습니다.

그녀는 매우 기뻐하며 그 청년의 이름을 불렀습니다.

"필리포?"

"누구시오?"

부인은 기회다 싶어 자기의 마음을 그에게 고백했습니다. 필리포 또한 평소에 부인의 미모에 흠뻑 반해 있던 터라 대단히 기뻐하며 아무도 모르게 자기 쪽에서 그 구멍을 넓혔습니다.

이렇게 두 사람은 그 구멍을 통해 대화를 나누기도 하고 때로는 손을 잡기도 했습니다. 하지만 질투쟁이 남편의 감시가 엄하여 그 이상의 일은 엄두도 내지 못했습니다.

그러는 사이 어느덧 크리스마스가 다가왔습니다. 부인은 남편에게 성탄절은 특별한 날이니 자기도 다른 신자들과 마찬가지로 성당에 가서 참회도 하고 성체도 영했으면 좋겠다고 말했습니다.

그러자 질투심 많고 어리석기 짝이 없는 남편은 이렇게 대답했던 것입니다.

"참회한다고? 그래 당신이 도대체 무슨 죄를 지었기에 참회를 한다는 거야? 그럴만한 일이라도 있었나?"

"뭐라구요? 당신이 나를 집 안에 가둬놓고 있다고 해서 내가 성자라도 되는 줄 아세요? 나도 세상 사람들과 마찬가지로 죄를 짓고 있어요. 하지만 당신에게는 말하고 싶지 않아요. 당신은 신부님이 아니니까요."

부인은 남편의 말에 새삼스레 화가 나 언성을 높이며 말했습니다.

질투심 많은 남편은 이 말에 더욱 의심을 품고 아내가 어떤 죄를 범했는지 꼭 알아내고야 말겠다고 다짐했습니다. 그리하여 자기가 할 수 있는 교묘한 방법을 생각해 냈습니다.

"그렇다면 할 수 없지. 하지만 절대 내가 지정한 성당 외에 다른 성당에 가서는 안되오. 그리고 아침 일찍 가서 주교가 지명하는 신부에게 참회해야 하며 다른 신부에게 해서도 절대 안되오. 그리고 끝나는 대로 곧장 집으로 돌아오도록 해요."

부인은 대강 남편의 말뜻을 짐작했으므로 아무 불평 없이 대답했습니다.

"네, 그렇게 하겠어요."

크리스마스 아침이 되자 부인은 새벽같이 일어나 단장을 하고 남편이 말한 성당으로 갔습니다. 한편 남편도 부인이 나간 것을 확인하고는 그녀보다 먼저 성당에 도착하기 위해 지름길로 성당으로 갔습니다.

그는 성당에 도착하자마자 그 성당의 신부와 짜고서 얼굴이 가려지는 두건이 달린 신부복을 입고 성가대에 섞여 앉아 있었습니다.

한편 성당에 막 도착한 부인은 주교님을 만나게 해 달라고 청했습니다. 주교는 그녀가 참회하고 싶다고 말을하자 자기는 지금 성사를 봐줄 수 없으니 동료 신부님을 보내주겠다고 했습니다.

남편은 부인이 눈치채지 못하도록 신부복 차림으로 아주 점잖을 부리며 걸어왔습니다. 아직 날이 환히 밝지 않았고 두건을 눌러 썼다고는 하지만, 아내의 눈을 속일 수는 없었습니다. 부인은 그가 남편이라는 것을 금방 눈치챘습니다.

부인은 마음 속으로 뇌까렸습니다.

'흥, 자기가 신부로 둔갑하다니, 정말 대단한 질투심이로군. 하지만 차라리 잘됐어. 모른 체 하고 속 뒤집어지는 말만 해줘야지. 결국 자기 꾀에 자기가 넘어가는 거라구.'

그리하여 그녀는 시치미를 떼고서 그의 발아래 꿇어앉았습니다. 질투쟁이 남편은 혹시 그의 아내가 눈치를 챌까 염려하여 혀가 매끄럽게 돌아가지 못하도록 입에다 작은 돌맹이를 두어 개 집어넣었습니다. 아내가 자기의 모습을 알아차릴 경우, 그렇게 혀짧은 말을 하면 금방 자신의 생각이 틀렸다고 생각할 거라고 굳게 믿고 있었던 것이지요.

마침내 참회할 단계에 이르자 부인은 자기가 결혼한 몸임을 먼저 말하고, 다음으로 신변의 자질구레한 일들을 이야기한 다음 최근 어떤 신부와 사랑에 빠져 그가 밤마다 자기와 잠자리를 같이하러 온다고 고백했습니다.

이 말을 듣는 순간 남편은 칼로 심장을 콱 찔린 것 같은 충격을 받았습니다. 뿐만 아니라 그는 더 이상 그 자리에

앉아 있을 수가 없었습니다. 참
회고 뭐고 다 집어던지고 그
냥 집으로 달려가고 싶었습
니다. 하지만 좀더 자세한
내용을 알아내기 위해 아랫배
에 힘을 주고 치밀어 오르는 분노를 간
신히 참으며 물었습니다.

"아니, 그렇다면 남편께서는 부인과 함께 자지 않습니
까?"

"아니요, 매일 밤 같이 잡니다."

"그럼 어떻게 그 신부와 같이 잘 수 있습니까?"

"신부님, 저는 그분이 어떤 재주를 부리는지는 모르지만
아무리 빗장을 걸고 자물쇠로 채워도 그분이 손을 대면 열
리지 않는 문이라곤 하나도 없습니다. 뿐만 아니라 그분이
저의 침실 앞에 이르러서 문을 열기 전에 기도문을 외면 남
편은 이내 깊은 잠에 빠지게 됩니다. 그런 다음 방안으로
들어와 저와 잠자리를 같이하는 거죠. 하지만 아직 한 번도
남편에게 들킨 적은 없습니다."

그러자 질투심 많은 남편이 당황하며 말했습니다.

"부인, 그것은 아주 나쁜 짓입니다. 부인은 지금 큰 죄악
을 저지르고 있는 것입니다. 당장에 그같은 일을 그만두어

야 합니다."

"신부님, 그렇게는 도저히 할 수 없습니다. 저는 이미 그분을 사랑하고 있으니까요."

"그렇다면 나는 부인을 용서할 수가 없습니다."

이번에는 부인이 말했습니다.

"오, 신부님! 저로서도 어쩔 수 없는 일입니다. 저는 여기에 거짓말하러 온 것이 아닙니다. 제 힘으로 할 수만 있다면 왜 안 된다고 하겠습니까."

"잘 들으십시오, 부인. 그런 죄악으로 부인의 영혼이 빼앗기고 있는 것을 본다는 것은 참으로 슬픈 일입니다. 그러기에 나는 부인을 위해 신께 특별한 기도를 드리는 수고를 아끼지 않을 것입니다. 틀림없이 신은 부인에게 은총을 베푸시리라 생각됩니다. 그리고 성당의 보좌 신부를 가끔씩 파견할 것이니 기도의 효과가 있는지 어쩐지를 보고하도록 하십시오. 그리고 그 뒤의 일은 그때 가서 다시 의논하기로 합시다."

그러자 부인이 말했습니다.

"아니요, 신부님. 보좌 신부님이든 누구든 저희 집에 보낸다는 일은 생각지도 마세요. 만약에 의심 많은 제 남편이 알게 되는 날에는 저와 무슨 나쁜 짓을 하러 왔다고 믿어 버릴 게 틀림없습니다. 그렇게 되면 저는 일년 내내 단 하루도 마음 편하게 지낼 수가 없어요."

이번에는 질투쟁이 남편이 말했습니다.

"부인, 그런 걱정은 아예 마십시오. 주인 양반이 그렇게 못하도록 내가 잘 깨우쳐 주겠습니다."

그것을 듣고 부인이 대답했습니다.

"그렇게만 해 주신다면 저로서는 여간 고마운 일이 아닙니다. 신부님, 감사합니다."

이렇게 참회를 끝낸 부인은 자리에서 일어나 곧 미사를 드리러 갔습니다.

한편 아내에게 배반을 당했다고 생각한 가엾은 남편은 자신의 처지를 크게 슬퍼하며 신부와 아내가 불륜의 사랑을 속삭이는 현장을 잡아내어 두 사람에게 따끔한 맛을 보여줄 방법을 이리저리 궁리하면서 집으로 돌아갔습니다.

성당에서 돌아온 부인은 남편의 우울한 얼굴빛을 보자 오늘이 남편에게는 최악의 날이 될 거라는 생각이 들었습니다. 그러나 남편은 자기가 신부로 변장해서 그녀의 고백을 들었다는 눈치를 보이지 않으려고 안간힘을 썼습니다. 그리고 그날 밤에 그 신부가 오는 것을 지키기 위해 밤새도록 대문 뒤에 숨어있기로 했습니다.

그는 아내에게 이렇게 말했습니다.

"부인, 오늘 저녁 나는 밖에서 식사하고 어쩌면 안 들어

 올지도 모르니 한길 쪽으로 난 문은 꼭 걸어 잠가요. 그리고 층계 중간 에 있는 문과 침실 문도 꼭 잠그고 시간이 되면 먼저 자도록 해요"

"네, 알았어요."

남편이 나가자 부인은 벽의 구멍으로 평상시처럼 신호를 보냈습니다. 그러자 필리포가 곧 나타났습니다. 부인은 오 늘 아침에 있었던 모든 얘기를 들려준 다음 이렇게 말했습 니다.

"우리 남편은 외출한 게 아니라 분명 문 밖에서 망을 보 고 있을 거예요. 그러니까 어떻게 지붕을 타고서라도 내 방 으로 오세요. 오늘밤에는 같이 지낼 수 있으니까요."

"부인, 모든 것은 제가 알아서 하겠습니다."

필리포는 크게 기뻐하며 대답했습니다.

밤이 되자 질투쟁이 남편은 칼을 품고 아무도 모르게 지 하실에 숨었습니다. 부인은 이때다 싶어 문이라는 문은 모 조리 잠갔습니다. 특히 층계 중간에 있는 문은 남편이 들어 오지 못하도록 아주 튼튼하게 닫아걸었습니다.

필리포는 그녀의 남편이 눈치채지 않게 조심조심 지붕을 타고 부인의 침실로 들어왔습니다. 이렇게 하여 두 사람은 침대에 들어가 사랑의 환희를 마음껏 즐겼습니다. 그리고 날이 밝아 청년은 자기 집으로 돌아갔습니다.

한편 질투쟁이 남편은 저녁식사도 하지 않고 추위에 덜덜 떨면서 밤새도록 칼을 껴안은 채 이제나 저제나 하면서 아내의 정부인 신부가 오기를 기다리고 있었습니다. 하지만 날이 밝자 더 이상 망을 보고 있을 수가 없어 지하실로 내려가 잠을 잤습니다.

거의 아침 9시가 다 되어 일어난 그는 이미 문은 다 열려져 있었으므로 밖에서 들어오는 체하고 자기 방으로 들어가 식사를 했습니다. 그리고 한 소년을 보좌 신부로 꾸며 그녀에게 보냈습니다. 물론 정부인 신부가 왔었는지 물어 보기 위해서였죠.

그 소년을 누가 보냈는지 알고 있는 부인은 이렇게 말했습니다.

"어제 저녁에는 오시지 않았습니다. 신부님의 기도가 효험이 있었나봅니다. 그러니 신부님께서 계속 기도를 드려주신다면 힘은 들지만 그분을 잊을 수 있을 것 같다고 전해주세요."

이렇게 하여 남편은 매일 밤 아내가 말한 신부가 오면 붙잡으려고 대문을 지켰고, 덕분에 아내는 침실에서 그 청년과 즐거운 시간을 보낼 수 있었습니다.

마침내 대문을 지키는 일에 지쳐버린 질투쟁이 남편은

초췌해진 모습으로 아내에게 따졌습니다.

"당신, 참회하던 그 날 아침 신부에게 무슨 고백을 한 거야?"

"당신에겐 말할 수 없어요. 당신은 신부가 아니잖아요"

그러자 남편은 더 이상 참지 못하겠다는 듯 버럭 화를 내며 소리쳤습니다.

"야, 이 매춘부야! 나는 네가 무슨 말을 했는지 다 알고 있어. 네가 사랑한다는 신부놈이 어디 사는 놈인지, 밤마다 주문을 외워 너하고 자고 가는 놈이 어디서 굴러먹던 말 뼈다귀인지 어서 말을 해! 실토하지 않으면 당장 네 목을 부러뜨릴 테다!"

그러자 부인은 자기가 어떤 신부와 사랑하고 있다는 것은 거짓말이라고 속시원하게 대답했습니다. 이 말을 들은 남편은 더욱 화를 내며 소리쳤습니다.

"아니 뭐라고? 이제 거짓말까지 해? 그 날 아침 당신 입으로 신부님께 모든 사실을 참회하지 않았어?"

"네, 맞아요. 분명히 그렇게 말했어요. 하지만 신부님이 신자의 고백을 당신에게 고자질할 리는 없을 텐데요. 그렇다면 당신이 그 자리에 있었다는 말이 되는군요? 숫양이 뿔을 잡힌 채 도살장으로 끌려가듯이 현명한 사람이 어리석은 여자에게 끌려다니는 꼴은 정말 재미있는 구경거리군요.

원래 당신은 그다지 현명한 편은 아니
었지만 아무런 이유 없이 나에 대한
질투심을 품게 된 뒤로는 아주 현
명하게 된 것 같아요. 그러나 당
신이 그처럼 어리석은 짓을 했
다고 해서 나까지 그렇다고는
생각지 마세요.

　당신은 질투심에 눈이 멀어 자
기 마음의 눈이 보이지 않았지만 나에겐 버젓이 두 눈이 있
어요. 나는 내 참회를 듣는 신부님이 누구인지 금방 알았다
구요. 그가 바로 당신이라는 것을 말이에요. 그래서 나는
당신이 그토록 듣고 싶어하는 말을 하리라 결심하고 그대로
말한 거예요. 하지만 당신이 정말로 현명한 분이라면 자기
가 데리고 사는 아내의 비밀을 그런 방법으로 알려고 하지
는 않았을 거예요. 또 공연한 의심도 품지 않고, 아내가 당
신에게 고백한 것이 사실이라 하더라도 조금도 죄를 범하지
않았다는 것을 알았을 거예요.

　내가 어떤 신부를 사랑하고 있다고 말씀드렸지요. 그것
은 바로 내가 당신을 사랑하고 있다는 것이었어요. 내가 그
토록 사랑하는 당신은 그때 신부가 되어 있지 않았던가요?
또 그 신부가 나와 같이 자기 원할 때는 어떤 문이든 다 열려져 있다고 말했었지요. 당신이 나와 잠자리를 같이 하려 했을 때 어느 문 하나라도 잠겨진 일이 있었나요? 그 신부 는 밤마다 나와 같이 잔다고 말했지요. 하룻밤이라도 당신 은 나와 같이 자지 않은 날이 있었던가요?

또 당신이 자주 보좌 신부를 내게로 보냈을 때 나는 당신 이 내게로 오지 않았기 때문에 그 신부는 오지 않았다고 대 답했던 거예요. 당신은 어리석기 짝이 없는 사람이예요. 질 투에 눈이 멀어 그런 사실도 알아채지 못하다니 당신 같은 바보가 세상에 또 있을까요? 다른 남자라면 나에게 죄가 없 다는 것을 벌써 알았을 거예요. 그런데도 당신은 밤중에 망 을 보기 위해 지하실에 숨어 있었으면서도 밖에서 식사하고 자고 오시는 체했던 것입니다.

이제 그만 본래의 자기 자신으로 돌아가세요. 당신의 졸 렬한 수법을 다른 사람들이 알게 되면 얼마나 비웃겠어요. 그러니 다시는 그런 어리석은 짓은 하지 마세요. 만약에 내 가 당신의 눈을 속여 나쁜 짓을 할 생각이었다면 당신의 두 눈이 백 개로 늘어난다 해도 난 반드시 그렇게 했을 거예 요."

아내의 비밀을 감쪽같이 알아냈다고 기세가 등등했던 어 리석은 남편은 아내의 말을 듣고 난 뒤 자기가 한 짓이 몹시 부끄러워졌습니다. 그리고 아무런 대꾸도 하지 못한 채 아내를 선량하고 영리한 여자라고 생각했습니다. 그래서 그 후로는 아무리 질투심이 머리끝까지 치밀어 오르는 일이 있어도 꾹 참고 견뎠습니다.

　이리하여 그 영리한 아내는 쾌락을 마음놓고 누릴 수 있게 되었을 뿐만 아니라, 고양이처럼 지붕을 통해 몰래 들어오던 연인을 이제는 버젓이 문을 통해 들어오게 했던 것입니다. 그리고 그들은 아주 오랫동안 사랑의 즐거움을 누렸던 것입니다.

Giovanni Boccaccio
열두 번째 이야기

얼마전 페루지아에 피에트로라는
부자가 살고 있었습니다. 이 남자는 정말 아내를 원해서가
아니라 세상의 눈을 속이고 그리고 자기 명성에 대한 체면
을 유지하려고 결혼을 했던 것입니다.

운명은 그를 도와 그 소망을 이루게 하였습니다. 그가 맞
아들인 아내는 불타는 듯한 빨간 머리를 하였으며, 몸이 무
쇠같이 단단한 남편이 한 사람이 아니라 두 사람이라도 거
뜬히 상대할만한 여자였습니다. 그런데 그녀는 여자인 자
기보다 남색 쪽에 정신을 빼앗긴 남자에게로 시집오고 말았
던 것이었습니다.

그녀는 오래잖아 그것을 눈치챘고 자기가 젊고 싱싱한 미인이며 정력이 왕성하다는 것을 알고 있었으므로, 처음에는 분을 참지 못하고 못된 말로 남편을 욕하면서 불만스러운 생활을 계속하고 있었습니다. 그러던 중 이러한 생활을 계속하다가는 남편의 나쁜 버릇을 고치기도 전에 자기가 먼저 말라죽고 말 것이라고 생각하고 이렇게 중얼거렸습니다.

"제기랄, 자기는 주색에 빠져 갖은 짓을 다하고 다니면서 나는 꼼짝도 못하게 집에다 붙들어 놓고…. 그래도 난 자기를 남편으로 생각하고 많은 지참금을 줬는데, 진작에 이 남자가 그런 줄 알았다면 남편으로 받아들였겠어! 그는 내가 여자인 것을 분명히 알았으면서, 여자한테는 마음도 없으면서 왜 나를 아내로 삼았지? 정말이지 참을 수 없는 일이야!

내가 욕망을 버렸다면 벌써 수녀가 되었지, 그렇지 못하기 때문에 결혼을 했는데…. 그 작자가 나를 만족시켜주고 기쁨과 즐거움을 갖다주기를 마냥 기다리고만 있다간 지쳐 늙어죽게 될 거야. 할망구가 다 된 다음에 젊음을 헛되이 보낸 것을 뉘우쳐 봤자 아무 소용도 없지. 젊었을 동안에 마음껏 즐겨야 해. 그가 즐기고 있는 것처럼 나도 멋대로 즐기라고 그놈이 좋은 본을 보여주고 있는 거야. 그는 저주의 대상이 되는 나쁜 짓을 하고 있지만 나에겐 떳떳한 변명의 여지가 있는 행동이야. 나는 오직 도덕만을 어길 뿐이지만 그는 도덕과 자연을 다 어기고 있는 거라구."

그리하여 그녀는 자기의 계획을 남몰래 실행에 옮기려고 여러 번 궁리한 끝에 먹이를 주어 뱀을 키웠다는 성 베르디아나가 다시 태어났다고 할 만큼 세상에 알려졌던 어느 노파와 친해졌습니다.

그 노파는 늘 묵주를 손에 들고 모든 미사에 참석했으며 이야기라면 역대 교황의 생애라든가 성 프란체스코의 고행에 대한 것밖에 말하지 않았으므로 누구에게서나 성녀처럼 여겨져 있었습니다. 그래서 그녀는 적당한 때를 보아 자기 의향을 이 노파에게 전했습니다.

노파는 이렇게 말했습니다.

"나의 딸이여, 하느님은 무슨 일이든지 알고 계십니다. 그러므로 당신이 하시는 일이 옳다는 것도 알고 계십니다. 당신을 비롯하여 젊은 여자가 모두 다른 이유에서가 아니라 젊음을 헛되이 보내지 않기 위해서 그렇게 한다면 그것은 조금도 그릇된 일이 아닙니다. 젊은 세월을 허송하는 것보다 슬픈 일은 없습니다. 우리가 늙고 나면 고작 한다는 일이 화로 곁에서 재를 바라보는 것 외에 무엇이 있겠는지요. 좋은 시절 다 버리고 왜 화로의 재가 되어야 합니까! 나도 그러한 여자 중의 한 사람입니다. 이제 와서 헛되이 청춘을 보낸 것을 후회하며 슬퍼하고 있답니다. 하지만 이렇게 늙은이가 되어 정신차려 봤자 누구나 말라빠진 살구를 씹으려는 사람은 나타나질 않는단 말입니다. 내가 얼마나 슬퍼하는지는 신만이 아실 뿐이지요.

그런데 남자들은 그렇지 않거든. 남자들은 남녀관계뿐만 아니라 모든 일에 편리하게 태어났으며, 늙어서도 젊은이 못지 않게 여러 가지 일을 할 수 있도록 되어 있단 말입니다. 하지만 여자들은 그 일로 어린애를 낳는 일 외엔 아무것도 할 수 없단 말이에요. 우리가 소중히 여겨지는 것도 그 때문이지요.

기회가 왔을 때 여자들은 언제든지 그것을 받아들일 준비가 되어있는 것만 봐도 알 수 있는 일입니다. 그런데 남자는 그렇지가 않습니다. 게다가 여자는 혼자서도 많은 남자를 감당할 수 있지만, 남자는 아무리 많이 덤벼도 한 여자를 만족시키기가 힘든 것입니다.

또 다시 말하지만 나이를 먹고 당신의 마음이 육체를 꾸짖는 일이 없도록 지금 젊었을 때 남편에게 보복을 하는 것은 아주 좋은 일일 것입니다. 우리는 이 세상에서 얻을 수 있는 모든 것을 얻어야 합니다.

특히 여자는 남자와 달라 젊은 시절을 절대 놓쳐서는 안

됩니다. 그러니 여자들은 남자들보다 시간을 더 잘 이용할 필요가 있어요. 왜냐하면 우리가 나이를 먹으면 아무도, 심지어는 남편조차도 우릴 돌아보지 않는단 말입니다. 우리가 할 수 있는 일이라고는 기껏해야 부엌에 고양이를 몰아넣고 고양이를 상대로 지껄이든가 냄비나 접시를 만지작거릴 뿐입니다. 그뿐만 아니라 남자들은 이런 노래까지 부르고 있지 않아요?

'젊은 여자에겐 맛있는 음식을, 할망구에겐 입마개를' 하고 말이에요. 그리고 그밖에도 여러 가지 험담을 듣게 되거든요.

그러니 나는 더 이상 이런 이야기로 시간을 낭비하고 싶지 않습니다. 아무튼 내가 지금 한 말보다 더 도움이 되는 말은 이 세상 어디를 찾아봐도 없을 거란 말예요. 이 세상에 내 말을 듣지 않을 정도로 고귀한 사람은 없으며, 아무리 고집이 세어도 내 마음대로 주물러 요리하지 못할 인간은 한 사람도 없으니 말예요.

자, 당신 소원을 말해 보세요. 그리고 뒷일은 내게 맡기세요. 하지만 부인, 한 가지 부탁해 두지만 내가 가난하다는 것은 잊지 마세요. 나의 모든 기도에 당신의 이름이 빠짐없이 들어가도록 하겠어요. 하느님께서 돌아가신 당신 친척되는 사람들도 구원해 주시도록."

이렇게 말하고 입을 다물었습니다.

그리하여 두 사람은 이야기가 잘 성립되어 부인의 집 근처를 서성대는 그 젊은 남자의 특징을 설명하고, 할 수만 있다면 그를 만날 수 있도록 부탁했습니다. 그리고 햄 한 조각을 보내는 것도 잊지 않았습니다.

얼마 후 노파는 그녀가 말한 남자를 가만히 그녀의 침실로 보내왔습니다. 그리고 며칠 후엔 그녀가 좋아할 만한 또 다른 남자를 보내왔습니다. 그녀는 남편의 눈이 두려웠지만 그러한 일을 할 수 있는 기회를 놓치고 싶지는 않았습니다.

어느 날 밤, 그녀의 남편은 에르콜라노라는 친구의 만찬 초대를 받아 그의 집에 가게 되었습니다. 이때다 싶어 그녀는 노파에게 페루지아에서 가장 잘생긴 젊은 남자를 데려오라고 부탁했습니다. 노파는 부인의 청을 들어주었습니다.

그러나 이게 웬일입니까! 갑자기 피에트로가 문을 두드리며 열라고 외치는 것이었습니다. 이 소리를 듣자 그녀는 깜짝 놀라 새파랗게 질렸습니다. 그리하여 끌어들인 젊은 이를 숨기려고 했지만 당장 어디에 숨겨야 할지 생각이 나지 않아 식사를 하고 있던 방의 바깥복도에 놔두었던 닭장 속으로 그를 숨겼습니다. 그리고 커다란 부대를 그 위에 푹 씌우고 나서 문을 열어 주려고 남편에게로 갔습니다. 그녀 는 남편이 들어오자 이렇게 말했습니다.

"어머, 오늘밤 저녁 식사는 참 빨리 끝내셨네요?"

그러자 피에트로는 대답했습니다.

"저녁이 다 뭐요. 입에 대지도 못했소."

"왜요?"

"글세, 내 얘기 좀 들어보구려. 에르콜라노 내외 그리고 나, 이렇게 세 사람이 저녁을 먹으려고 식탁에 자리잡고 있 을 때 어디선가 가까운 곳에서 재채기 소리가 들리지 않겠 소. 처음 한 두 번은 눈치채지 못했는데 재채기 소리가 세 번, 네 번, 다섯 번, 계속해서 들리는 바람에 우리는 이상하 게 생각되었다오. 실은 문을 열지 않고 꽤 오랫동안 우리를 밖에 기다리게 했던 마누라에게 다소 기분이 언짢아졌던 에 르콜라노는 이 지경에 이르러서야 화가 잔뜩 나서 그녀에게 이렇게 말했지.

'이게 대체 어찌된 일이야! 이 재채기 소리가 무엇이냐 말이오?'

이렇게 말하고 식탁에서 일어서서 곧 가까운 계단 쪽으 로 걸어가더군. 그 계단 밑에는 당신도 알다시피 물건을 넣 어 두는 널판지로 된 벽장이 있지 않소. 에르콜라노는 그 안에서 재채기 소리가 들리는 것 같아서 문을 확 열었단 말야. 문을 열자 지독한 유황 냄새가 코를 찔렀어. 물론 그런 냄새가 나니까 투덜대고 있었지만, 그 부인이 이렇게 말했지.

'아까 내가 유황으로 베일을 표백했어요. 그 유황을 앉혔던 냄비를 계단 밑에 넣어두었더니 아직도 냄새가 나는 거예요.'

에르콜라노가 냄새가 풍기는 속을 들여다보자 재채기를 하는 자가 발견되었어. 그놈의 유황 냄새 때문에 연거푸 재채기를 하고 있었던 거지. 아무튼 강한 냄새는 둘째치고 목숨을 잃을 지경에까지 와 있었던 거야.

에르콜라노는 그 사내를 보자 이렇게 소리를 질렀지.

'아하! 이제야 알았군. 아까 우리가 왔을 때 오랫동안 문을 열지 않고 밖에 세워 둔 까닭을 말야. 이놈을 내가 그냥 둘 줄 알아!'

남편의 호통소리에 그녀는 무서워서 변명도 한 마디 못하고 도망쳤는데 어디로 도망갔는가는 신만이 아실 일이지. 에르콜라노는 마누라가 도망친 것도 모른 채 재채기를 하고 있던 사내에게 나오라고 몇 번이나 외쳤지만 그 작자는 에르콜라노가 아무리 소리를 질러도 꼼짝도 하지 못했다오."

남편의 얘기를 들은 그 부인은 때때로 자기처럼 빈틈없는 여자도 그렇게 당할 수 있다고 생각하여 그 부인을 변호해 주려고 생각했습니다. 그러나 그 여자의 잘못을 욕하는 것이 자기 악행에 발뺌할 길이라 생각하고 이렇게 말했습니다.

"참 별일도 많군요. 그 부인은 아주 마음이 곧고 신앙심이 두터운 분이라고 하기에 그분 집에 참회하러 갈까 하고 생각하고 있었을 정도였는데, 그렇게 나이가 든 여자가 그런 짓을 하다니 젊은 여자들까지 물들까 두렵군요.

세상에 살아서 사람들에게 욕을 보이는 그런 여자는 저주받아야 돼요. 그것은 모든 여인들의 망신이며 모욕이에요. 자신의 정절이나 남편에게 맹세한 약속을 저버리고 이 세상의 명예를 망쳤지 뭐예요. 그렇게 훌륭한 남편에게 다

른 사내로 말미암아 모욕을 가하고도 전혀 수치로 생각지 않다니…. 그런 짓은 자기 자신에게도 치욕을 가하고 있는 거예요. 신에게 맹세하지만 그러한 여자에게는 동정의 여지가 없다고 생각해요! 죽여도 시원치 않을뿐더러 산 채로 화형에 처하고 재를 만들어 버려야 해요!"

그렇게 말한 뒤 닭장 속에 숨어있을 남자를 생각하며 남편에게 이제 그만 잘시간이니 자리에 들도록 하자고 말했습니다.

피에트로는 배가 잔뜩 고파 있었으므로 저녁 식사할 것이 뭐 없느냐고 물었습니다.

아내는 그 말에 이렇게 대답했습니다.

"저녁요? 오늘밤엔 그만 주무세요. 그 편이 좋아요."

그런데 그 날 저녁 피에트로의 소작인들이 마을에서 여러 가지 농작물을 싣고 와서 몇 마리의 당나귀에 물도 주지 않고 바깥의 마구간에 매어두었는데, 그 중 한 마리가 너무 목이 말라 굴레를 벗어 던지고 밖으로 뛰어나왔습니다. 그리고 물을 찾아다니다가 그만 그 젊은 남자가 숨어 있는 닭장 바로 앞까지 왔습니다.

젊은 남자가 엎드려 있었는데 그만 닭장 밖으로 손끝이 약간 나와 있었습니다. 그런데 운이 없게도 그 당나귀가 밖으로 나와 있는 그 손가락을 밟아버리고 만 것입니다. 남자는 너무나 아파서 자기도 모르게 소리를 질렀습니다.

이 소리를 듣고 이상하게 생각한 피에트로는 마당으로 나가 보았습니다. 당나귀는 그때까지도 그 자리에 버티고 서 있었지만 사나이는 계속 비명을 질러댔습니다.

"거기 있는 게 누구냐?"

피에트로는 이렇게 외치며 닭장 곁으로 달려갔습니다. 그리고는 닭장을 덮어둔 부대를 쳐들었습니다. 남자는 당나귀에게 밟힌 손가락의 아픔에다, 피에트로가 자기에게 무슨 고약한 짓을 하지 않을까 하는 공포에 떨고 있었습니다. 그런데 이 젊은 남자는 피에트로가 파렴치한 남색의 목적으로 오랫동안 따라다녔던 바로 그 사나이였습니다.

"거기서 뭘 하고 있지?"

피에트로가 물었으나 젊은이는 그것에는 대답하지 않고 제발 살려달라고 계속 빌 뿐이었습니다.

"일어나! 그리고 내가 너에게 해를 끼칠까봐 걱정하지 않아도 좋다. 그러나 왜 여기 있는지 그 까닭이나 말해라.

잠시 후 젊은이는 모든 것을 털어놓았습니다.

아내의 낙담과는 반대로 이 젊은이를 만날 수 있었다는 것을 적지 않게 기뻐한 피에트로는 그의 손을 잡고 무슨 일이 벌어질까 걱정하면서 떨고 있는 마누라에게 데리고 갔습니다.

피에트로는 마누라의 정면에 앉아 이렇게 말했습니다.

"조금 전만 해도 에르콜라노의 마누라를 마구 욕하며 그런 여자는 산 채로 불에 태워 죽이는 게 좋겠다, 그것은 여자의 수치다 하며 떠벌렸지? 왜 그때 당신은 자기 말은 하지 않았소? 그리고 자기 일은 모르는 체 문제삼고 싶지 않았다면 당신도 그녀와 같은 짓을 하고 있으면서 왜 그녀의 험담을 했지? 당신들 여자들은 본래부터 그렇게 생겨먹었다구. 남의 잘못을 욕함으로써 자기의 잘못을 감추려고 하다니! 하늘에서 불덩이라도 떨어져서 당신들 같은 나쁜 인종은 모두 태워 죽이는 게 좋겠군!"

부인은 남편이 잔뜩 화만 낼 뿐 자기에게 아무 짓도 하지 않고, 오히려 이 같은 미남의 젊은이를 손에 넣고 은근히 기뻐하는 있는 것을 알고는 이렇게 말했습니다.

"당신에겐 도대체 우리 여자가 소용이 없으니까, 우리들이 모두 불에 타 없어지는 것을 바라시겠죠. 그러나 세상일이 모두 당신 뜻대로 되진 않을 거예요. 대체 당신의 불만이 뭔지 알고 싶어요.

당신이 에르콜라노의 마누라와 나를 비교하고 싶다면 얼마든지 비교해 보세요. 그 여자는 가짜 신자이고 위선자이지만 아내로서 남편에게 아주 많은 사랑을 받고 있었어요. 그러나 내가 당신한테 받은 게 뭐예요? 그야 나는 좋은 옷을 입고 좋은 신을 신고 있긴 하지만 다른 일에서는 어떻게 하고 있는지 당신도 잘 알 거예요. 도대체 당신이 나와 잠자리를 같이 한 게 언제죠? 나는 지금처럼 호사스럽게 대우받고 가질 것 다 가지는 것보다는 누더기를 걸치고 맨발로 다녀도 좋으니 당신이 잠자리에서 잘해 주는 게 훨씬 나아요.

이봐요, 피에트로, 잘 생각해 봐요. 나는 세상의 다른 여자와 조금도 다른 것이 없어요. 다른 여자들이 얻고 있는 것을 바랄 뿐이에요. 단지 내가 당신에게서 얻을 수 없는 것을 다른 데서 구했다고 해서 비난받을 이유가 전혀 없다고 생각해요. 적어도 나는 당신의 체면을 생각해서 마부나 거지같은 남자들은 상대도 안 했단 말이에요."

피에트로는 이대로는 밤새도록 끝이 없을 것 같아, 그녀의 일 따윈 마음에 두지도 않고 이렇게 말했습니다.

"이제 그만둬, 그 점에 대해선 앞으로 당신이 만족하도록 해줄 것이니, 그보다 우선 저녁이나 먹읍시다. 하여간 이 친구도 나처럼 저녁 전일 것 같으니."

"그래요. 물론 저 사람도 배가 고플 거예요. 우리가 식탁에 앉으려는 찰나에 운수 나쁘게 당신이 돌아왔으니 말예요."

"그럼, 곧 함께 식사하도록 하지. 그리고 이 일은 앞으로 당신이 불만을 갖지 않도록 해결하겠소."

남편의 노기가 가신 것을 알자 그녀는 식탁을 마련한 다음, 준비해 두었던 요리를 가져왔습니다. 그리고 남편과 젊은 남자와 함께 유쾌한 기분으로 식사를 했습니다.

식사 후, 세 사람이 다 만족하도록 피에트로가 어떤 방법을 취했는지는 잘 모르겠습니다만 이튿날 아침 광장에서 젊은이가 떠날 때까지 젊은이로서는 아내와 남편 중 어느 쪽에 더 봉사를 했는지 그자신도 알지 못했다고 합니다.

Giovanni Boccaccio

열세 번째 이야기

옛날 바를레타에 돈 쟌니라는 신부가 살고 있었습니다. 그는 성당의 재정형편이 어려웠기 때문에 생활을 꾸려나가기 위해 노새에 갖가지 물건을 싣고 여러 시장들을 돌아다니며 장사를 하기 시작했습니다.

그런 일을 하는 동안에 신부는 피에트로라는 사내와 무척 친해졌는데 이 사내도 그와 마찬가지로 노새에 물건을 싣고 팔러 다니며 장사를 하는 사람이었습니다. 그래서 신부는 우정을 나타내는 뜻에서 그를 친구 피에트로라고 불렀습니다.

그쯤 되다 보니, 그가 오면 언제나 성당에 데리고 갔고 또 그곳에 묵게 하며 크게 환대를 했습니다.

피에트로는 매우 가난하여 조그마한 집 하나밖에 가지고 있지 않았습니다. 그의 집은 그와 그의 젊고 아름다운 부인, 그리고 그의 전 재산인 노새 한 마리만이 겨우 들어갈 수 있는 집이었습니다. 그러나 신부가 그곳에 장사를 하러 올 때마다 자기 집에 데려 가서 자기가 신부로부터 환대받은 답례의 뜻으로 정성껏 그를 대접했습니다.

그렇지만 막상 초대해 놓고 보면 예쁜 아내와 둘이서 잘 조그만 침대 하나밖에 없었으므로 제대로 대접을 할 수도 없었습니다.

피에트로의 아내는 자기 남편이 신부에게 많은 신세를 진 것을 알고 있었기 때문에, 그가 올 적마다 자기는 이웃 집으로 자러 갈 테니 신부가 자기 남편과 함께 침대에서 잘 수 있도록 권했지만 쟈니는 한사코 사양했던 것입니다. 그런 일이 자주 있게 되자 쟈니는 친구 아내의 마음을 편하게 해주기 위해 이렇게 말했습니다.

"부인, 나의 일이라면 조금도 걱정하지 마십시오. 나는 마구간이면 족하니까요. 내가 마음만 먹으면 노새를 아름다운 처녀로 둔갑시켜 사랑을 나눌 수도 있고, 또 장사를 해야 할 땐 다시 노새로 바꾼답니다. 그러니 저는 저 노새와 떨어질 수가 없는 거죠."

젊은 아내는 그 말을 듣고 매우 신기하다고 생각하면서 남편에게 말했습니다.

"당신이 정말 신부님과 친한 사이라면, 왜 그 마술을 배우지 않죠? 그렇게 한다면, 당신이 나를 노새로 만들어 두 마리의 노새로 장사를 한다면, 지금보다 곱절의 벌이를 할 수 있잖아요? 그리고 집에 돌아와선 나를 다시 사람으로 만들면 되지 않겠어요?"

피에트로는 그다지 영리한 사람이 아니었기 때문에 아내의 충고에 따라 그 마술을 배울 것을 결심하고 쟌니에게 그 비결을 가르쳐 달라고 간곡히 졸랐습니다.

쟌니는 일이 엉뚱하게 돌아가자, 당황하여 그런 부질없는 짓은 그만두라고 여러 번 충고했으나 결국은 끝내 뿌리칠 수가 없어서 한가지 묘안을 생각해 내어 이렇게 말했습니다.

"좋아, 자네가 그토록 원한다면 내일 아침 여느 때보다 일찍 일어나도록 하세. 새벽 일찍 말일세. 그때 그 비법을 가르쳐주지. 그런데 이 주술에서 가장 어려운 일은 꼬리를 붙이는 일이야. 물론 곧 알게 될 테지만."

피에트로와 부인은 너무 좋아서 밤새도록 잠을 한숨도 이루지 못했습니다.

다음 날 아침 동이 트자마자, 그들은 자리에서 일어나 쟌니 신부를 깨웠습니다. 쟌니는 속옷 바람으로 피에트로의 침실로 와서는 이렇게 말했습니다.

"자네 외에는 아무에게도 이 주술을 가르쳐 주지 않았네. 그것도 자네가 워낙 간청을 하기 때문인 거야. 이 주술을 성공시키려면, 내가 하라는 대로 빠짐없이 해야 되네."

그 부부는 물론 그렇게 하겠다고 말했습니다. 그러자 쟌니는 등불을 넘겨주며 말했습니다.

"내가 어떻게 하는가 잘 보란 말이야. 그리고 내가 하는 말을 잘 기억해 두어야 해. 또 일을 망치지 않으려거든 자네가 보고 들은 것에 대해 절대로 한 마디라도 입을 떼어서는 안 되네. 그리고 꼬리가 잘 붙도록 하느님께 기도를 드리란 말야."

피에트로는 등불을 받아들고 그렇게 하겠노라고 대답했습니다.

그러자 쟌니는 즉시 그 부인을 발가벗기더니 암말처럼 마룻바닥에 네 발로 엎드리게 한 다음 역시 무슨 일이 생겨도 절대로 한 마디도 입을 떼어서는 안 된다고 일렀습니다. 그리고 나서 쟌니는 양손으로 그녀의 얼굴을 쓰다듬으면서 이렇게 말했습니다.

"이것이 말의 아름다운 얼굴이 되게 하소서."

또 그녀의 머리털을 만지며 말했습니다.

"이것이 말의 아름다운 갈기가 되게 하소서."

다음에는 팔을 만지며 말했습니다.

"이것이 말의 근사한 앞발이 되게 하소서."

그리고는 그녀의 포동포동하고 풍만한 젖가슴에 손을 대니 신부의 가운데 놈이 불쑥 고개를 추켜들었습니다. 그러나 그는 시치미를 떼며 이렇게 말했습니다.

"그리고 이것이 말의 근사한 가슴이 되게 하소서."

그러면서 그녀의 등과 배와 엉덩이와 허벅지와 다리를 차례대로 만졌습니다. 이제 마지막으로 꼬리를 붙이는 일만이 남았습니다. 이때 그는 자기의 속옷을 내리고 사람을 만드는 데 쓰는 물건을 손에 쥐고는 그것을 위해 만들어진 그녀의 구멍에 집어넣으면서 이렇게 말했습니다.

"그리고 이것이 말의 아름다운 꼬리가 되게 하옵소서."

그때까지 모든 것을 잠자코 지켜보고 있던 피에트로는 신부의 이 마지막 수작을 보자 기겁을 하고 큰소리로 외쳤습니다.

"오오, 쟌니! 꼬리는 필요 없어, 꼬리는 필요 없다구!"

그러나 이미 볼 일을 다 본 뒤라 쟌니는 그것을 천천히 잡아 빼며 이렇게 말했습니다.

"아니, 피에트로, 어찌된 일이야? 어떤 것을 보더라도 입을 열어서는 안 된다고 하지 않았나. 조금만 더 참았으면 암말로 둔갑을 할 판이었는데, 자네가 모든 걸 망쳐놓고 말았네. 이렇게 되면 두 번 다시 암말이 될 수가 없어."

그러자 피에트로가 입을 열었습니다.

"아니, 난 그런 꼬리는 필요 없네. 그리고 어째서 꼬리 붙이는 일을 나에게 시키지 않았나? 그리고 너무 깊이 넣는 것 같았어."

그러자 쟌니는 이렇게 대답하는 것이었습니다.

"자네는 이런 일이 처음이니까, 나처럼 넣는 방법을 모르는 줄 알았지."

부인은 이 말을 듣자 벌떡 일어나더니 정색을 하며 남편에게 화를 내는 것이었습니다.

"아유, 당신은 어쩌면 그렇게 바보예요! 어째서 일을 망쳐놓았냐 말이에요. 꼬리 없는 말을 본 적이 있어요? 이제 부자 되기는 다 틀렸다구요."

남편이 갑자기 입을 열었기 때문에 암말로 변할 수 없으니 돈 또한 벌기 틀렸다며 부인은 낙담을 하며 서운한 표정으로 옷을 입었습니다.

그 후 피에트로는 언제나처럼 쟌니 신부와 함께 노새를 몰고 장사를 하기 위해 시장에 갔습니다만 두 번 다시 그런 부탁은 하지 않았습니다.

Giovanni Boccaccio

열네 번째 이야기

굴리엘모가 시실리아를 다스
리고 있었던 시대의 이야기입니다.

　그때 아메리고라는 귀족이 살고 있었는데, 이 사람은 다
른 귀족들에 비해 재산뿐만 아니라 자식복도 많았습니다.

　마침 아르미니아의 연안에서 노략질하여 많은 어린아이
를 약탈해 온 제노바인의 해적선이 오리엔트에서 돌아왔습
니다. 그렇지 않아도 하인들이 필요했던 아메리고는 그 가
운데서 터키인으로 짐작되는 아이들 몇 명을 샀습니다. 그
아이들은 모두 양치기로 보였는데 그 중 한 아이만은 다른
애들보다 품위가 있고 이목구비가 뚜렷한 것이 보통 아이

같지 않았습니다. 그 아이의 이름은 테오도로였습니다.

그 아이는 노예였지만 아메리고의 아이들과 함께 성장했습니다. 테오도로는 천성이 나타났던지, 행동거지가 아주 올바르고 예의 범절이 바른 아이로 자랐습니다. 그래서 그런지 아메리고는 그가 아주 마음에 들어 노예신분에서 벗어나게 했을 뿐 아니라, 세례를 받게 하여 피에트로라는 이름을 지어 주고 자기 일의 관리까지 맡겼습니다.

그런데 아메리고의 여러 아이들 중에 비올란테라는 딸이 있었는데, 그녀는 외모뿐 아니라 마음씨도 아주 고운 아이였습니다. 부친이 그녀를 결혼시키는 것을 꾸물거리고 있는 사이에 비올란테는 어느덧 피에트로를 사랑하게 되었습니다. 하지만 수줍음이 많은 그녀는 그에게 자기 마음을 고백하지 못하고 있었습니다.

그러나 사랑의 신은 그녀의 그 같은 괴로움을 덜어주려는 듯 피에트로에게도 사랑의 싹을 트게 했습니다. 그는 잠시라도 그녀를 보지 않으면 마음이 우울할 정도로 그녀를 연모하게 되었던 것입니다. 하지만 주인의 딸을 자기 같은 하찮은 노예가 사랑한다는 것은 절대로 용서될 수 없는 일이며 누군가에게라도 들키면 큰일이라고 생각했습니다.

피에트로를 바라보는 것만으로도 행복해하던 비올란테는 그의 마음을 눈치챘습니다. 그래서 그에게 자기의 마음을 전하기 위해 당신의 마음을 아주 기쁘게 받아들인다는 눈빛을 보냈습니다. 이처럼 그들은 서로 사랑을 하면서도 한 마디도 입 밖에 내지 못하고 가슴만 애태우며 오랜 시간을 지냈습니다.

그런데 운명은 이 두 사람에게 사랑을 이룰 수 있는 기회를 마련해 주었습니다.

아메리고는 트라파니에서 1마일쯤 떨어진 곳에 대단히 아름다운 정원을 갖고 있어 곧잘 부인이나 딸, 그리고 친지의 귀부인과 하녀들을 데리고 놀러 가곤 했습니다.

어느 몹시 더운 날, 그날은 피에트로도 동행한 날이었습니다. 그런데 여름에는 흔히 있는 일입니다만, 갑자기 먹구름이 하늘을 뒤덮어 잔뜩 찌푸린 날씨가 되었습니다.

일행은 그런 곳에서 비를 맞으면 큰일이라고 생각하고 할 수 없이 트라파니로 되돌아가기로 했습니다. 그러나 젊은 피에트로와 비올란테는 그녀의 어머니와 그 동행을 떼어 놓고 훨씬 앞으로 가고 있었습니다. 그들은 아마 불같이 타오르는 사랑의 욕망에 쫓기고 있었나 봅니다.

더구나 동행하던 사람들의 모습이 거의 보이지 않을 정도로 앞으로 가 버렸을 무렵, 으르렁 쾅쾅 천둥소리가 울리는가 싶더니, 커다란 빗방울이 쏟아지기 시작했습니다. 그렇게 되자 부인과 일행들은 급한 대로 어느 농가에서 비를

피하기로 했습니다.

피에트로와 비올란테는 마침 아무도 살고 있지 않은 처마가 기울어진 어느 낡은 오두막집으로 달려들어갔습니다. 그리고 지붕 밑에서 서로 몸을 움츠리고 있었습니다. 서로 몸을 꼭 붙이고 있는 동안에 두 사람의 마음 속에 사랑의 욕망이 걷잡을 수 없이 타오르고 말았습니다. 먼저 입을 연 건 피에트로였습니다.

"아아, 하느님. 부탁합니다. 이 비가 계속 내려 언제까지나 내가 이렇게 하고 있을 수 있도록 해주십시오."

그러자 비올란테도 말했습니다.

"저도 마찬가지예요."

이러한 이야기가 계기가 되어 두 사람은 몸을 가까이 하고 손을 맞잡고 꼭 껴안고 말았습니다. 이윽고 키스를 나누었습니다. 빗방울은 여전히 계속 내리고 있었습니다. 마침내 두 사람은 사랑의 최후의 환락을 맛보았습니다. 그리고는 다음에도 몰래 만나 사랑을 즐기자고 약속했습니다.

이윽고 폭풍이 그쳐 두 사람은 아쉬움을 안은 채 집으로 돌아갔습니다.

그 후 그들은 남몰래 밀회를 즐겼습니다. 그러는 사이에

비올란테가 그만 임신을 하고 말았습니다. 이것은 두 사람에게 있어 여간 큰일이 아니었습니다. 할 수 없이 자연의 이치를 어겨 낙태시키려고 여러모로 시도해 보았으나 잘 되지 않았습니다.

피에트로는 목숨이 걱정되어 이 집에서 도망치기로 결심하고 그것을 비올란테에게 고백했습니다.

그 말을 들은 비올란테는 울며 말했습니다.

"당신이 도망가면 나는 죽어버리고 말겠어요!"

그녀를 자기 목숨보다도 사랑하고 있는 피에트로는 안타까운 듯이 이렇게 말했습니다.

"아가씨, 당신은 왜 저에게 여기 있으라고 말씀하십니까? 당신이 아기를 가졌으니 우리들의 죄가 탄로 나지 않을 수 없습니다. 당신은 간단히 용서를 받겠지만, 저는 당신의 죄와 나의 죄를 혼자 떠맡아 벌을 받게 됩니다."

그녀가 대답했습니다.

"피에트로, 저의 죄는 곧 알게 되겠지요. 하지만 당신의 죄는 당신만 입을 열지 않으면 결코 탄로 날리 없어요."

그러자 피에트로가 말했습니다.

"당신만 약속을 지켜준다면 여기에 머물겠습니다. 하지만 절대로 약속을 깨뜨리지 않겠다고 약속해 주십시오."

그 후 비올란테는 배가 불러오는 것을 감추었으나 점점

배가 커져 더 이상 감출 수 없게 되었습니다.

그리하여 어느 날, 그녀는 어머니 앞에서 울음을 터뜨리며 임신한 사실을 고백했습니다. 부인은 몹시 슬퍼하며 딸을 크게 꾸짖었습니다. 그리고 어떻게 해서 그런 일이 생겼는지 다그쳤습니다.

비올란테는 피에트로에게 괴로움을 끼치지 않도록 사실을 감추고 그럴 듯한 얘기를 꾸며내서 말했습니다.

어머니는 그 이야기를 믿고 딸의 죄를 감추기 위해 시골 별장으로 그녀를 보냈습니다. 그곳에 머무르는 동안 드디어 출산할 때가 왔습니다. 모든 여자들이 그렇듯이 아픔을 참지 못하여 큰 소리를 내고 울부짖고 있는데, 뜻하지 않게 지금까지 한 번도 온 일이 없는 그녀의 아버지인 아메리고가 갑자기 찾아왔던 것입니다. 마침 딸이 울부짖고 있는 방 옆을 지나던 그는 놀라서 그 방안으로 들어섰습니다.

"도대체 이게 어찌 된 일이냐?"

침대에 누워있는 딸의 모습을 본 아메리고는 그만 깜짝 놀라고 말았습니다.

남편이 찾아오리라고는 꿈에도 생각지 않았던 부인은 갑자기 들어온 남편을 보자 무척 당황해하며 딸이 임신하게 된 이유를 털어놓았습니다.

"딸이 누구의 자식을 뱄는지 모른다니 그런 일이 어떻게 있을 수 있소!"

그리고 진상을 모두 알기 위해 사실을 자백하면 관대하게 봐 주겠지만 말하지 않는다면 용서하지 않고 죽여 버릴 것이니 각오하라고 말했습니다.

부인은 그에게 매달리며 이왕 일이 이렇게 됐으니 딸의 말을 믿을 수밖에 없다고 했지만 아무 소용이 없었습니다. 아메리고가 아내와 말을 주고받는 사이에 딸이 사내아이를 낳았습니다. 몹시 화가 난 그는 딸의 곁으로 다가가 칼을 휘두르며 외쳤습니다.

"누구의 애를 낳았는지 말해. 말하지 않으면 당장 죽여 버릴 테다!"

딸은 칼을 들이대며 소리치는 아버지가 두려운 나머지

피에트로와의 약속을 깨트리고 두 사람 사이에
있었던 일을 자백하고 말았습니다.

이 말을 듣자 아메리고는 당장에라도 딸을
한 칼에 쳐죽이고 싶었지만 가까스로 참았습니
다. 그러나 아무래도 분노가 가시지 않아 말을 타고 트라파
니로 돌아가, 그곳 지방장관에게 피에트로에게서 받은 모
욕을 호소했습니다. 지방장관은 당장에 피에트로를 체포하
게 했습니다.

비올란테만 믿고 있던 피에트로는 고문을 당하자 일체의
일을 자백하고 말았습니다. 이리하여 그는 매를 맞으며 거
리에서 조리돌림을 당하고, 교수형에 처해지는 사형선고를
받았습니다.

아메리고는 피에트로가 사형을 당하는 것만으로는 노여
움이 풀리지 않아, 이 두 연인 사이에서 태어난 사내아이를
동시에 이 세상에서 없애버리리라고 생각하고 포도주를 넣
은 술잔에 독을 넣고 하인에게 그 잔과 칼집에서 빼낸 단도
를 주며 이렇게 말했습니다.

"너는 이 술과 칼을 비올란테에게 갖다 주어라. 그리고
나의 명령이라고 말하고 이 둘 중에 하나를 택하여 스스로
목숨을 끊으라고 전하라. 만약 거역할 경우 많은 사람들이
보는 앞에서 불태워 죽이겠다고 말해라. 그 년은 그런 벌을

받아야 한다. 그런 다음 이삼일 후에 그 년이 낳은 사내아이를 벽에 머리를 쳐서 죽이고 개가 먹도록 버려라."

하인은 자기 딸과 손자에 대한 부친의 이 같은 잔혹한 엄명을 받고 원래 성미가 고약했던지라 즉시 그 명령을 실행하러 떠났습니다.

한편 사형 선고를 받은 피에트로는 채찍으로 얻어맞으며 거리에서 조리돌림을 당하고 있었습니다. 이때 그는 인솔하고 있던 지휘관의 명령으로 아르미니아의 세 귀족이 묵고 있는 여관 앞을 지나게 되었습니다.

그들은 아르미니아에서 로마 교황에게 십자군의 일로 중대한 협의를 하기 위해 파견된 사람들이었습니다. 그리고 이곳에서 며칠 동안 휴양과 산책을 겸하여 머무르며 트라파니의 귀족인 아메리고로부터 극진한 대접을 받고 있었습니다. 이 사람들은 피에트로가 지나간다는 말을 듣고 창가에 모여 구경을 하고 있었습니다.

피에트로는 허리부터 위는 발가벗기었고, 두 손은 뒤로 묶여 있었습니다. 피에트로를 보고 있던 세 사람 가운데 피네오라는 고령의 가장 권위 있는 귀족이 피에트로의 가슴에 커다란 붉은 점이 있는 것을 보게 되었습니다. 이것은 그려진 것이 아니고 타고난 것으로 여자들 사이에서는 장미점이라 일컬어지고 있는 것이었습니다.

그것을 보자 피네오는 15년 전 라얏조 해안에서 해적에게 유괴된 아들 생각이 문득 떠올랐습니다. 채찍을 맞으며 조리돌림을 당하고 있는 가련한 청년을 보면서, 아들이 살아 있다면 같은 나이 또래일 것이라고 생각했습니다. 그리고 만약 자기 아들이라면 아직 자기 이름이나 부친 이름이나 아르미니아의 말을 기억하고 있을지 모른다고 생각했습니다.

그래서 청년이 가까이 왔을 때 말을 걸었던 것입니다.

"오오! 테오도로!"

그 소리를 듣자 피에트로는 곧 머리를 들었습니다. 피네오는 아르미니아 어로 말을 걸었습니다.

"너는 어디 태생이냐? 그리고 누구의 아들이냐?"

죄인을 끌고 가던 이들이 피네오에게 경의를 표하고 그를 멈추게 해 주었으므로 피에트로는 이렇게 대답했습니다.

"저는 아르미니아 태생입니다. 피네오라는 사람의 아들이며, 어렸을 때 남모르는 사람에 의해 여기에 끌려왔습니다."

피네오는 그 말을 듣자 15년 전 행방불명이 된 자기 아들이 틀림없다는 것을 알았습니다. 그래서 눈물을 흘리면서 사람들을 헤치고 달려가서 아들을 껴안았습니다. 그리고 자기가 입고 있던 화려한 외투를 입혀 주고 사형에 처하기

위해 아들을 끌고 온 관리에게 장관으로부터 다시 명령이 올 때까지 여기서 대기해 달라고 부탁했습니다.

관리는 기꺼이 그렇게 하겠다고 대답했습니다.

피네오는 소문이 도처에 퍼져 있어 죄인이 사형에 처해 지려는 까닭을 이미 알고 있었습니다. 그래서 곧 다른 사절 들과 함께 하인들을 데리고 지방장관한테로 가서 이렇게 말했습니다.

"장관님이 사형을 언도한 자는 노예가 아니라 실은 제 아들입니다. 따라서 순결을 **빼앗겼다고** 전해지는 여인을 아내로 삼을 자격이 있습니다. 그러니 그 여인이 제 아들을 남편으로 맞이할 생각이 있는지 어떤지 확인될 때까지 형의 집행을 유예하시는 것이 좋으시리라 생각합니다. 만약 그 여인이 그것을 바라고 있는데 그 같은 처형을 하신다면 법률을 어기는 일이 됩니다."

지방장관은 죄수가 피네오의 아들이라고 하자 그만 깜짝 놀라며 자신이 행한 처사를 부끄럽게 생각했습니다. 그는 피네오가 옳다고 생각하고 곧 피에트로를 집으로 돌아가게 하는 한편, 아메리고한테 사자를 보냈습니다.

만일 비올란테가 죽지 않았다면 그의 집안으로서는 큰 영광이 아닐 수 없었습니다.

아메리고로부터 명령을 받은 하인은 비올란테에게 단도와 독이 들어있는 술잔을 내밀며 어느 것이든 빨리 결정하라고 재촉하고 있었습니다. 이렇게 그가 강요하던 중에 사자가 새

로운 명령을 전하자 그는 그녀를 그냥 내버려둔 채 주인한테로 돌아와 일의 경과를 보고했습니다.

그 말을 듣자 아메리고는 대단히 기뻐하며 피네오한테 달려가 용서를 빌며, 테오도로에게 딸을 시집보내겠노라고 분명하게 말하였습니다. 피네오는 그를 너그럽게 용서해주며 이렇게 말했습니다.

"나도 내 아들에게 당신 딸을 아내로 맞아들이게 할 작정입니다. 그러나 만약 싫다고 하면 그에게 주어진 처형을 받게 하겠습니다."

이리하여 피네오와 아메리고의 생각은 일치하게 되었습니다. 그리고 아직 죽음의 공포에 사로잡혀 있는 테오도로에게 가서 결혼에 대한 그의 의사를 물었습니다. 테오도로는 자기가 원한다면 비올란테가 아내가 될 수 있다는 말을 듣고, 지옥에서 갑자기 천국에라도 오른 듯 기뻐했습니다.

"두 분이 다 그렇게 생각하신다면 이 이상 기쁜 일이 어디에 있겠습니까."

한편 비올란테에게도 그 의향을 듣기 위해 사자를 파견하였습니다. 그녀는 곧 죽음에 처하게 될 피에트로를 생각하며 깊은 슬픔에 잠겨 있었는데, 피에트로가 살아나게 될 뿐만 아니라 그와 결혼해도 좋다는 말을 듣고는 기뻐서 어쩔 줄 몰라했습니다.

이처럼 모두의 의견이 일치하여 불행했던 두 남녀는 많은 사람들의 축복 속에서 성대한 결혼식을 올리게 되었습니다.

　얼마 후 피네오는 아들과 며느리와 갓난 손자와 함께 배를 타고 라얏조에 가서, 그 땅에서 평화롭게 행복한 생애를 보냈다고 합니다.

Giovanni Boccaccio

열다섯 번째 **이야기**

옛날 그리스 아카이아의 가장 오래
된 도시 아르고스에 니코스트라투스라는 귀족이 살고 있었
습니다.

그는 비록 늙었으나 리디아라는 아주 젊고 매력적인 아
내가 있었습니다.

뿐만 아니라, 부와 명예를 함께 지닌 그는 수많은 하인들
을 거느리고 있었으며 특히 사냥을 무척 좋아하여 많은 사
냥개와 매를 가지고 있었습니다. 그런데 그 많은 하인들 중
에 얼굴이 잘 생기고 훌륭한 체격을 가진 피루스라는 청년
이 있었는데, 그는 무슨 일을 시키거나 빈틈 없이 잘 해냈을

뿐 아니라 하인답지 않게 기품도 있었습니다. 그래서 그런지 니코스트라투스는 누구보다도 그를 아끼고 믿었습니다.

그런데 리디아 부인은 밤이나 낮이나 피루스를 그리워하지 않을 수 없을 만큼 사랑하게 되었습니다. 그러나 피루스 쪽에서는 이를 눈치채지 못했는지, 아니면 부인의 사랑을 원치 않는지 조금도 반응을 보이지 않아 부인은 가슴이 쓰릴 정도로 애를 태우고 있었습니다.

참다 못한 그녀는 어떻게 해서든지 자기의 뜨거운 마음을 피루스에게 털어놓아야겠다고 생각하고 루스카라는 심복 하녀를 불러 이렇게 말했습니다.

"루스카야, 나는 이제까지 네게 많은 선물과 사랑을 주었으니 네가 나의 부탁을 하나 들어주지 않으면 안 되겠다. 그러니 지금부터 내가 하는 말을 잘 듣고 어떤 사람에게도 절대로 말해서는 안 된다. 알겠지?

루스카야, 너도 알겠지만 나는 아직 젊고 아름답단다. 또 세상 여자들이 원하는 모든 것을 갖고 있어. 단 한가지만 빼고 말이야.

그 한 가지란 내 나이와 비교해서 남편이 너무 늙었다는 거야. 다른 젊은 여자들은 모두 사랑의 즐거움을 누리고 사는데 나는 그렇지 못하니 한심하기 짝이 없단다.

재산이 아무리 많다고 해도 저런 늙은 남편과 사는 이상

끓어오르는 나의 욕정을 채울 수가 없으니 답답하구나. 나도 인간이기 때문에 이젠 더 이상 참을 수가 없어서 너에게 얘기하는 거란다.

그래서 너한테만 하는 얘기인데, 나의 그런 욕정을 채워 보고 싶단다. 상대는 내가 누구보다도 아끼고 사랑하는 피루스란다. 지금 말하는 거지만 나는 피루스를 보자마자 첫눈에 사랑하게 되었단다. 단 하루라도 그를 보지 못하거나 그의 소식을 듣지 못하면 죽어버릴 것만 같단다. 이대로 피루스와 사랑을 이루지 못한다면 나는 영영 죽고 말 거야.

그러니까 네가 나를 조금이라도 가엾게 생각하거든 무슨 방법을 써서라도 내 마음을 그에게 전해 다오. 내가 그러더라고 하면서 그에게 가서 내게로 오도록 전해다오."

"네, 마님, 걱정마세요."

하녀는 주저 않고 대답했다.

피루스에게 이야기를 전할 기회를 노리고 있던 루스카는 어느 날 피루스를 조용히 불러 아주 능숙하게 마님의 뜻을 전했습니다.

피루스는 그 말을 듣자 천만 뜻밖의 일이었던지라 몹시 놀랐습니다. 그리고 부인이 자기 마음을 떠보기 위해 그런 말을 전한 것으로만 생각하고 몹시 화를 내며 말했습니다.

"루스카, 마님께서 그런 말씀을 하시다니 믿을 수가 없어. 너도 네가 지껄인 말이 무슨 뜻인지 잘 알 거야. 설령 그것이 진실이라 하더라도 너에게 그런 일을 시키시다니 있을 수 없는 일이야. 또 진짜로 너를 시켜 그런 말씀을 하셨다고 하더라도 주인 어른은 과분할 정도로 나를 인정해 주시니, 나는 내 목숨을 걸고서라도 그런 모욕을 주인 어른에게 드리고 싶지 않다. 그러니까 앞으로는 그따위 말은 절대로 하지 말아, 알았지?"

피루스의 그런 쌀쌀한 대답을 듣고도 루스카는 아무런 동요도 없이 다시 말했습니다.

"피루스, 나는 이런 일뿐만 아니라 마님의 분부라면 어떤 일이든 너와 상관없이 몇 번이라도 전하러 올 거야. 하지만 피루스, 고집피우지 말고 내 말을 듣는 게 네게 이로울 거다."

루스카는 말은 그렇게 했지만 피루스의 대답을 듣고 실망할 부인을 걱정하면서 돌아갔습니다. 부인은 하녀의 이야기를 듣고 그만 죽고만 싶은 심정이었습니다. 그러나 이삼 일 지나 다시 하녀에게 이렇게 말했습니다.

"루스카야, 너는 떡갈나무가 한 번이나 두 번의 도끼로는 넘어가지 않는다는 것을 알겠지? 피루스는 내가 얼마나 안타깝게 그리워하는 줄도 모르고 주인에 대한 충성심만 내세우니, 네가 한 번 더 그에게 불타는 내 마음을 송두리째 전해 주렴. 이 모든 일은 네가 하기에 달렸다. 일이 잘 되지 않는 날에는 나는 죽을 수밖에 없단다. 내가 자기를 시험한다고 생각하다니. 나는 자기의 사랑을 진심으로 갈구하고 있는데…."

하녀가 부인을 위로하고 피루스를 찾으러 가니, 그는 무슨 기분 좋은 일이 있었던지 반갑게 맞아 주었습니다. 루스카는 부드러운 말로 얘기를 시작했습니다.

"피루스, 며칠 전에 네 주인이기도 하고 내 주인이기도 한 마님께서 얼마나 뜨거운 마음으로 너를 사랑하시는지 내게 이야기하셨단다. 지금 다시 말하지만 네가 계속 그렇게 고집만 부리고 있으면 얼마가지 않아 마님은 죽어 버릴 거야. 그러니 제발 마님의 소원을 들어주렴.

그렇게도 아름답고 착하고 젊으신 분이 모든 걸 다 제쳐놓고 너를 사랑한다고 하시니 이렇게 명예스러운 일이 어디에 있겠니? 게다가 마님은 그처럼 무르익은 것을 네 눈앞에, 네 청춘 앞에 바치겠노라고 하시는데 그걸 마다할 까닭이 어디 있니?

너만 똑똑하게 굴면 사랑의 환희의 길을 타고 지금보다 더 좋은 위치에 올라갈 수도 있다는 것을 모르니? 네가 가진 사랑을 그분에게 허락하기만 하면 옷이든 돈이든 네가 원하는 모든 것을 가질 수 있다구.

자, 잘 생각해 봐. 이보다 더 좋은 기회는 없어. 행운의 여신이 미소를 지으며 사랑의 문을 두드리는 것은 일생에 한 번 있을까 말까한 일이야. 그런데 행운의 여신을 받아들이지 않는다면 나중에 빈털터리 가난뱅이가 되어도 자신을 원망할 뿐이지 하느님을 원망하지도 못한다구.

네가 선뜻 받아들이지 못하는 것은 주인 어른에 대한 충성심과 의리 때문이라는 것을 나도 잘 알아. 하지만 주인과 하인 사이에 무슨 의리가 있겠니? 친구나 형제지간도 아닌데 말야. 이럴 때는 오히려 주인이 하인들을 부려먹을 때처럼 하인들이 주인을 이용하는 거야.

만약 너에게 아름다운 아내와 어머니나 딸, 또는 누이동생이 있는데 주인 어른의 마음에 들었다면 네가 마님의 일로 그처럼 괴로워하고 있는 것처럼 주인 어른에게도 그러한 마음이 있을 거라고 생각하니? 그렇다고 믿는다면 너는 그야말로 바보 중에 바보라구. 아무리 울고불고 애원해도 주인 어른은 억지로라도 욕망을 채우실 것이 틀림 없다구.

그러니 우리라고 못할 거 없잖아. 행운의 별을 어서 품안에 받아들이라구. 바보같이 행운을 쫓아버리지 말고 자진해서 즐겁게 받아들여. 만약에 네가 끝까지 거절한다면 아마도 마님을 죽음으로 몰고 가는 사태가 벌어질 거구, 앞으로 너도 늘 후회스런 마음에 쫓겨 죽음을 생각하게 될 것이 뻔해."

그렇지 않아도 루스카가 지난번에 했던 말을 몇 번이나 돌이켜 생각해 본 피루스는 만약에 루스카가 다시 찾아와 자기가 시험당하는 것이 아니라는 사실만 확인되면 모든 것을 주인 마님의 뜻에 따르리라고 신중하게 생각하고 있었으므로 이렇게 대답했습니다.

"이봐, 루스카. 네가 하는 말을 믿지 못해서 그러는 게 아니야. 너도 알다시피 주인 어른은 여간 현명한 분이 아니시잖아. 내 짐작으로는 중요한 일을 전부 내가 맡고 있으니 어디 한번 시험삼아 나를 떠보시려는 것 같아. 그러니 만약 네 말처럼 진정 마님의 마음이 그러시다면 내가 지금부터 얘기하는 세 가지 부탁을 말씀드려줘.

첫째, 마님께서 주인 어른이 보는 앞에서 주인 어른이 가장 사랑하는 매를 죽일 것, 둘째는 주인 어른의 수염을 한 줌 뽑아 내게 가져올 것, 마지막으로 주인 어른의 제일 튼튼한 이빨을 하나 뽑아 역시 내게로 가져올 것. 이 세 가지 부탁을 다 들어주신다면 마님이 원하는 무슨 일이든 기꺼이 받아들이겠다고 전해줘."

루스카는 이 모든 것이 그리 쉬운 일이 아니라고 생각했습니다. 이야기를 전해들은 부인 또한 보통 힘든 일이 아니라고 걱정했지만, 피루스를 향한 사랑의 힘이 그녀로 하여금 이를 성취시키고야 말리라고 결심하게 했습니다.

그녀는 루스카를 피루스에게 보내어 그의 요구를 빠른 시일 내에 들어주겠다고 했을 뿐만 아니라, 피루스가 남편인 주인 어른을 그렇게 높이 평가하니 자기는 남편 앞에서 피루스와 사랑의 행위를 하면서도 그것이 남편에게는 사실이 아닌 것처럼 보이겠다고 덧붙였습니다.

며칠이 지나자, 니코스트라투스는 몇몇 귀족들을 초대하여 성대한 만찬회를 열었습니다. 식사도 끝나고 테이블이 치워졌을 무렵 부인은 녹색 비로드 옷을 입고 여러 가지 화려한 보석으로 꾸민 채 손님들이 모인 홀로 들어갔습니다. 그리고 피루스를 비롯하여 여러 사람이 보니 부인이 매를 어루만지는 체하면서 묶은 끈을 풀더니 번쩍 쳐들어 그만 벽에다 던져 죽이고 말았습니다.

그것을 본 니코스트라투스는 부인을 향해 소리쳤습니다.

"아니 부인, 이게 무슨 짓이오!"

부인은 남편의 힐책도 아랑곳없이 어리둥절한 채 쳐다보고 있는 손님들에게 이렇게 말했습니다.

"여러분 이 따위 매에게 복수할 만큼의 용기도 없다면 설령 나를 욕보이려는 왕에 대한 복수는 생각조차도 못할 것입니다. 여러분께 말씀드리고 싶은 것은 이 매는 오랫동안 저에게서 남편의 사랑을 빼앗고 있었습니다. 제 남편은 날이 새기가 무섭게 자리를 박차고 일어나 매와 함께 말을 타고 들판으로 나가버립니다.

그 때문에 나는 여러분께서도 아시는 바와 같이 혼자 쓸

쓸히 침대에 남겨집니다. 그래서 나는 몇 번이나 매를 죽이려 했습니다. 그러나 나의 슬픔을 올바르게 판단하실 여러분께서 이해해 주시리라고 믿는 그 순간에 실행에 옮기려고 그 기회를 기다렸던 것입니다."

리디아의 말을 다 듣고 난 손님들은 남편에 대한 부인의 애정을 그대로 받아들이며 아직도 화가 안 풀린 니코스트라투스를 향해 이렇게 말했습니다.

"여보게! 이제 그만 화를 풀게, 자네 부인이 사랑 때문에 매를 죽였으니, 자네에겐 그보다 더한 영광이 어디 있겠나!"

이렇듯 손님들은 이 일에 대해 이런 저런 농담으로 니코스트라투스의 분노를 웃음으로 바꿔 놓았습니다. 이를 본 리디아는 만족한 표정을 지으며 자기 방으로 돌아갔습니다.

지금까지 쭉 지켜보고 있던 피루스는 혼자 중얼거렸습니다.

"분명, 마님은 사랑의 여신이구나. 신이시여! 부디 우리의 사랑이 이루어질 수 있도록 도와주소서."

그런 일이 있은 후 어느 날이었습니다. 부인은 남편과 같이 침대에 드러누워 그에게 입을 맞추는 등 장난을 치기 시작했습니다. 그러자 남편 또한 장난으로 부인의 머리털을 가볍게 잡아당겼습니다. 이때야말로 부인에게는 피루스가

낸 두 번째 과제를 해결하게 될 좋은 기회였습니다.

부인이 웃으면서 남편의 수염을 쥐고 힘껏 잡아당기는 바람에 한줌이나 되는 수염이 그만 뽑히고 말았습니다. 남편이 비명을 지르며 매우 아파하자 그녀가 말했습니다.

"아니, 왜 그러셔요? 내가 당신 수염을 대여섯 가닥 뽑았기로서니 뭘 그리 야단이신가요? 당신이 내 머리털을 잡아당겼을 때의 아픔에다 비하면 아무것도 아닐 텐데요."

이렇게 부인은 남편이 눈치채지 못하게 계속 장난을 쳤습니다. 그리고 뽑은 수염을 몰래 감췄다가 그녀가 사랑하는 연인에게 보냈습니다.

하지만 세 번째 문제에 대해서는 부인도 심사숙고하지 않을 수 없었습니다. 그러나 그녀는 여간 영리하지 않았고 사랑의 신이 그녀를 도와주었으므로 그 일을 성사시킬 좋은 방법을 생각해냈습니다.

니코스트라투스에게는 예의 범절과 교양을 배우기 위해 와있는 귀족신분의 두 소년이 있었습니다. 그들은 니코스트라투스가 식사할 때마다 그 옆에서 시중을 드는데 한 아이는 접시에 고기를 잘라 담아내고 다른 아이는 음료를 따르는 일을 하고 있었습니다.

부인은 이 두 소년을 불러다가 니코스트라투스의 입에서 악취가 풍긴다고 믿게 하고 시중들 때는 되도록 머리를 뒤

로 젖히라고 말한 다음 이 일은 절대로 입 밖에 내서는 안
된다고 단단히 일러두었습니다. 두 소년은 이를 진짜로 믿
고 부인이 지시한 대로 했습니다.

그런 후 며칠뒤 부인은 남편에게 물었습니다.

"여보, 당신은 그 두 아이들이 시중을 들 때 무슨 이상한

눈치를 채지 못하셨어요?"

"아닌게 아니라 좀 이상하더
군, 그렇지 않아도 그 이유를 물
어보려던 참이야."

니코스트라투스는 대답했습
니다.

"그러실 필요는 없어요. 그 이유는 제가 다 알고 있으니
까요. 실은 당신의 기분을 상하게 하지 않으려고 그 동안
말을 하지 않았지만 이제 다른 사람들도 다 알게 됐으니 어
쩔 수 없이 말씀을 드려야겠군요.

다름이 아니라 당신의 입에서 악취가 몹시 풍겨 견디기
어렵답니다. 그 아이들이 그랬던 건 바로 그 이유 때문이랍
니다. 당신은 항상 귀족들과 교제하셔야 하는데 정말 큰일
이 아닐 수 없군요. 그러니 악취가 풍기지 않도록 빨리 치
료해야 되지 않겠어요?"

부인은 매우 걱정스럽다는 듯이 말했습니다.

"아니, 내 입에서 악취가 풍기다니, 비록 어린 아이들이
지만 부끄럽기 짝이 없는 노릇이군. 충치라도 생긴 걸까?"

"아마도 그럴 거예요."

이렇게 말하며 부인은 남편을 밝은 곳으로 데리고 가서
입을 벌리게 하고는 이리 저리 입안을 살펴본 다음 말했습

니다.

"어머나! 한쪽 이 하나가 아주 썩어버렸군요. 내가 보기에는 벌레가 먹은 정도가 아닌 것 같아요. 다 삭아버리고 말았어요. 그냥 내버려두었다가는 이빨 전부를 망치게 될 거예요. 그러니까 더 썩기 전에 이 충치를 빼버리는 편이 좋겠어요."

그러자 남편이 말했습니다.

"당신 생각이 그렇다면 당장에 의사를 불러다가 빼 버립시다."

이때 부인은 남편의 말을 가로막으며 이렇게 말했습니다.

"치과 의사를 부르다니요? 그들은 치료를 굉장히 거칠게 한다구요. 당신이 아파하는 소리를 듣는다는 것은 나로서는 견딜 수 없는 일이예요. 그러니까 내가 해드리겠어요. 만약에 당신이 너무 아파하시면 금방 그만두겠어요."

그리하여 부인은 루스카만을 남기고 다른 하인들은 모두 밖으로 내보낸 뒤 문을 잠갔습니다. 그런 다음 남편의 입안에 커다란 쇠집게를 밀어 넣어 멀쩡한 이빨 하나를 꽉 집고 잡아당기기 시작했습니다. 남편이 아픔을 견디지 못해 아우성치자 루스카에게 남편이 꼼짝 못하도록 붙들게 한 뒤 남편의 아픔은 아랑곳없이 혼신의 힘을 다해 그 이빨을 뽑아내었습니다.

부인은 재빨리 뽑은 이빨을 감추고 미리 준비해 두었던 몹시 썩은 다른 이빨을 아파서 거의 죽어 가는 남편에게 보이면서 말했습니다.

"보세요, 당신 이빨이 이 지경으로 썩어 있었다구요."

남편은 너무나 아픈 나머지 거의 울상이 되어 있었지만 썩은 이를 빼낸 후련함 때문인지 무척 만족해했습니다.

부인은 그 이빨을 루스카에게 주어 피루스에게 보냈습니다. 이것으로 피루스는 부인의 사랑이 진실이라는 것을 알고 그녀가 원하는 일이라면 무엇이든지 하겠다고 말했습니다.

피루스가 제시한 세 가지 요구를 이행한 부인은 자기가 말한 또 하나의 약속을 실행하기로 결심했습니다. 단둘이서만 재미보고 싶은 마음은 간절했지만 약속을 위해서는 어쩔 수가 없었습니다.

그리하여 어느 날 그녀는 몸이 아픈 시늉을 하며 피루스만을 데리고 들어온 남편에게 바람을 쏘이고 싶으니 자기를 부축해 달라고 부탁했습니다.

남편은 이를 쾌히 승낙하며 한쪽 팔은 자기가, 다른 한쪽은 피루스가 부축하도록 하여 정원으로 데리고 나가 큰 배나무 밑에 앉혔습니다.

잠시 후 부인은 이미 모든 계획을 알고 있는 피루스를 보며 말했습니다.

"피루스, 저 잘 익은 배가 먹고 싶구나. 좀 올라가 몇 개 따주렴."

피루스는 곧 나무에 올라가 배를 아래로 떨어뜨리기 시작했습니다. 그러더니 갑자기 엉뚱한 소리를 질러댔습니다.

"나리, 지금 무슨 짓을 하시는 겁니까? 그리고 마님, 마님조차 제가 보는 앞에서 그런 짓을 하시다니 부끄럽지도 않으십니까? 두 분께서는 제가 눈먼 장님인 줄 아세요?

바로 조금 전까지도 몸이 불편하시던 분이 그런 짓을 하실 정도로 갑자기 병이 나으셨나요? 정 그렇게 참을 수 없으시면 훌륭한 방도 많이 있는데 왜 하필이면 이놈 눈앞에서 그러십니까?"

부인은 놀라는 척하며 남편에게 말했습니다.

"피루스가 지금 뭐라고 지껄이는 거죠? 미친 거 아니예요?"

그러자 피루스는 딱 잡아떼며 말했습니다.

"원 천만에요. 마님, 제가 왜 미칩니까? 마님과 나리께서는 이놈이 하는 말이 거짓인 줄 아시나요?"

니코스트라투스는 어처구니없는 듯이 이렇게 말했습니다.

"피루스, 너 꿈꾸고 있는 거냐?"

그 말에 피루스가 대답했습니다.

"꿈을 꾸다니요, 나리. 절대로 그렇지 않습니다. 마님이

나 나리께서 꿈을 꾸고 계시지는 않겠죠! 아니, 지금 나리께서는 몹시 즐거우신 듯 몸을 흔들고 계십니다. 만약 이 배나무가 그렇게 요동하면 배는 하나도 남지 않고 죄다 떨어져 버릴 걸요."

그러자 부인이 말했습니다.

"아니 이게 왠일이죠? 피루스 말대로 정말 그런 일도 있을 수 있을까요? 내가 그전처럼 건강하기만 하다면 그가 하는 말이 정말인지 아닌지 나무에 올라가 볼 텐데요."

피루스는 여전히 입을 다물지 않고 계속해서 이상스런 말만 지껄여댔습니다.

니코스트라투스는 듣다못해 소리쳤습니다.

"네 이놈, 당장 내려오지 못할까?"

피루스가 내려오자 남편은 물었습니다.

"도대체 뭐가 보인다는 게냐? 어디 한번 자세히 설명해 봐라."

그러자 피루스는 대답했습니다.

"주인 어른은 제가 미쳤던가 꿈이라도 꾼 줄 아시는 모양이군요. 하지만 이렇게 말씀드려 죄송합니다만 저는 실제로 나리가 마님을 타고 올라앉으신 걸 보았습니다. 그런데 나무에서 내려와보니 나리는 일어나 거기 그렇게 앉아계시는 겁니다."

니코스트라투스가 말했습니다.

"정말 네 머리가 단단히 돌았나보구나. 네가 나무에 오른 뒤로 우리는 조금도 움직이지 않고 여기 이렇게 앉아 있었다. 어떻게 우리가 네가 보는 앞에서 그런 짓을 할 수 있겠느냐."

그러자 피루스가 말했습니다.

"이것은 이러쿵저러쿵 말할 문제가 아닙니다. 나리께서 뭐라 하시든 나리가 마님 위에 올라타신 것을 저는 틀림없이 보았습니다. 그럼요, 보구말구요."

니코스트라투스는 더욱 놀라 이렇게 말했습니다.

"그럼 어디 내가 올라가봐야겠다. 정말 이 배나무에 올라가면 그런 광경이 눈에 보이는지 알아봐야겠다."

그리고는 나무에 올라갔습니다.

남편이 나무에 올라가자 마자 부인과 피루스는 서로 껴안고 입을 맞추는 등 재미를 보기 시작했습니다. 그것을 본 니코스트라투스가 외쳤습니다.

"아니, 부인, 지금 무슨 짓을 하고 있는 거요? 그리고 피루스, 내가 그다지도 믿고 있는 네놈이 내 눈앞에서 그런 짓을 하다니!"

이렇게 외치면서 배나무에서 내려오기 시작했습니다. 그러자 그들은 아무 일도 없었던 것처럼 점잖게 앉아 있었습

니다.

　니코스트라투스가 나무에서 내려와 점잖게 앉아 있는 두 사람에게 마구 욕설을 퍼부었습니다.

　이때 부인은 시치미를 딱 떼며 말했습니다.

　"아니, 당신마저 왜 그러세요? 우리는 아무 짓도 하지 않았다구요."

　그러자 피루스가 그에게 말했습니다.

　"나리, 지금 생각해보니 제가 배나무 위에서 보았던 일이 착각이었나 봅니다. 그렇지 않다면 아무래도 이해가 가지 않습니다. 저도, 주인 어른께서도 잘못보았다는 것을 알수가 있습니다. 사실 총명하시고 정숙하신 마님께서 무엇때문에 그런 짓을 하여 나리에게 모욕을 드리겠습니까? 그런 일은 있을 수 없는 일입니다. 이 모든 것은 착각임이 틀림없습니다. 제가 감히 주인 어른 앞에서 어찌 그런 짓을할 수 있겠습니까? 그런 이상한 마음이 있었다면 차라리 이몸을 갈기갈기 찢겠습니다.

이 모든 것은 확실히 이 배나무 탓이 틀림없습니다. 제가그런 엄청난 짓을 하지도 않았는데, 그리고 생각조차도 하지 않았는데 주인 어른께서 그렇게 말씀하시다니요. 저는무척 섭섭합니다 또 주인 어른께서 마님과 여기서 그런 일을 하셨다는 것을 세상 사람 누가 믿겠습니까?"

니코스트라투스는 피루스의 말을 다 듣고 난 뒤 자기의성급함을 곧 후회했습니다. 사실, 그 두 사람이 자기 앞에서 그런 짓을 할 리가 없다는 생각이 들었던
것입니다.

그는 겸연쩍은 듯 이렇게 말했
습니다.

"그것 참, 이상한 일이군. 누
구든 이 배나무에 오르기만 하면 그

런 이상한 광경을 보다니 말야."

그러나 부인은 니코스트라투스가 자기에 대해 한 말이 몹시 못마땅하다는 듯이 이렇게 말했습니다.

"어쨌거나 당신이 저를 그렇게 밖에 생각하지 않으시니 저는 몹시 불쾌합니다. 제가 아무리 부족한 계집이기로서니 당신 앞에서 그런 짓을 하겠어요? 자, 피루스! 달려가서 도끼를 가져 와. 당장에 이 배나무를 잘라 나의 수모를 깨끗이 씻어야겠어. 설령 그와 같은 광경이 보인다해도 마음으로 판단하실 때에야 어떻게 그런 일이 일어났다고 감히 느끼거나 생각하거나 할 수 있을까요."

피루스는 서슴지 않고 도끼를 가져다가 배나무를 잘라 쓰러뜨렸습니다. 나무가 쓰러진 것을 보자 부인은 남편에게 말했습니다.

"저를 욕되게 했던 저 못된 나무가 쓰러지니 가슴이 후련하군요."

"부인, 미안하오. 이 모든 것이 저 배나무 탓이니 아무쪼록 너그러이 용서해주오."

부인은 연신 자기의 잘못을 비는 남편에게 이렇게 말했습니다.

"그럼요, 저는 제 목숨보다 당신을 더 사랑하고 있어요. 그러니 앞으로는 절대로 저를 의심하지 마세요."

이렇게 하여 여지없이 속아넘어간 가엾은 남편은 부인과 그 연인을 데리고 저택 안으로 들어갔습니다.

그 뒤 피루스와 부인은 집안에서도 아무 거리낌없이 즐거운 사랑의 행위를 자주 가졌던 것입니다.

아아! 주님이시여, 우리에게도 그와 같은 즐거움을 주시옵소서.

Giovanni Boccaccio

열여섯 번째 **이야기**

무뇨네 골짜기에 아주 호인인 어느 남자가 조그마한 여인숙을 차려놓고 나그네들에게 침식을 제공해 주고 있었습니다. 돈도 없고 집도 협소했지만, 지나가는 나그네들뿐만 아니라 경우에 따라서는 잘 아는 사람들도 이 집에서 신세를 지곤 하였습니다.

그 남자의 부인은 상당한 미인으로서 그들 사이엔 아이가 둘 있었는데, 하나는 나이가 열 대여섯 되는 퍽 예쁜 처녀 아이였고, 또 하나는 아직 어머니의 젖을 먹는 돌 전의 사내아이였습니다.

그런데 플로렌스 출신으로 풍채도 좋고 남에게 호감을

주는 피누치오라는 젊은이가 이 근처를 지나다가 그 집 딸인 니콜로자를 보고 그만 첫눈에 홀딱 반해 버렸습니다. 그리고 니콜로자도 역시 이런 훌륭한 청년에게 사랑 받는 것을 자랑으로 알고, 어떻게 해서든 그를 놓치지 않으려 했던 것입니다.

만약 피누치오가 그녀와의 사랑에 관한 소문을 두려워하지 않았다면, 그들의 사랑의 열도로 봐서 이 사랑은 훨씬 빨리 결실을 보았을 것입니다.

날이 갈수록 피누치오의 사랑은 더해 가서 어떻게든 그녀를 만나고 싶어졌습니다. 그래서 그녀의 집에 하룻밤 묵을 좋을 방법이 없을까 하고 갖가지 꾀를 짜 보았습니다. 사실 그는 니콜로자의 집 내부구조를 훤히 알고 있었기 때문에, 그 집에서 묵게만 되는 날이면 아무도 몰래 그녀를 껴안을 수 있다고 생각했습니다. 그렇게 생각하자 그는 지체 없이 실천에 옮기기로 결심하였습니다.

그는 아드리아노라는 친구와 함께 어느 날 저녁 두 마리의 말을 타고, 필경 짐이라도 넣을 수 있을 만큼 큰 가방을 싣고 무뇨네 골짜기로 향한 것입니다. 그리고 그들은 일부러 여기저기 돌아다니다가 깊은 밤이 되어서야 무뇨네에 닿았습니다.

그래서 마치 로마냐에서 돌아오는 것처럼 말머리를 돌려

놓고, 니콜로자의 집 문을 두들겼습니다. 주인은 두 사람을 잘 알고 있었기 때문에 곧 문을 열어주었습니다.

"부탁하오만, 우린 오늘밤 여기서 묵고 가야겠소. 실은 피렌체에 갈 수 있을 줄 알았는데, 보다시피 이 시간에 여기까지 밖에 못 오고 말았소."

그러자 주인이 말했습니다.

"피누치오님, 아시는 바와 같이 우리 집은 귀하신 분이 머무르기에는 너무나도 누추한 곳입니다. 하지만 이 시간에 다른 곳으로 가실 수도 없을 테니, 어떻게든 주무시도록 해 드리겠습니다."

이리하여 두 젊은이는 말에서 내려 우선 말을 돌본 다음, 그 조그마한 방으로 들어가 준비해 가지고 온 음식을 꺼내 주인과 함께 먹었습니다.

그런데 이 집에 방이라곤 좁은 것 하나밖에 없었기 때문에 주인은 머리를 짜서 침대 두 개는 벽쪽에 바싹 붙여놓고 또 하나는 반대쪽 벽에 붙여 침대와 침대 사이는 간신히 사람 하나가 드나들 수 있도록 하였습니다.

주인은 세 개의 침대 가운데서 제일 괜찮은 것을 골라 손님에게 주었습니다. 이윽고 두 사람이 자는 체하고 있노라니, 주인은 남은 침대에 딸을 재우고 또 하나에 부인과 함께 누웠습니다. 그리고 아내는 자기가 누운 침대 옆에 아기

를 재우는 요람을 당겨 놓았습니다.

이런 방안 사정을 눈여겨봐 둔 피누치오는 모두들 곤히 잠든 틈을 타서 가만히 일어나 사랑스러운 그녀가 자고 있는 침대로 숨어들었습니다.

니콜로자는 한편으론 무서워하면서도 반가이 그를 맞아 들였습니다. 이리하여 두 젊은 남녀는 오랫동안 갈망했던 사랑의 행위를 맘껏 즐겼습니다.

피누치오가 재미를 보고 있는 동안, 고양이가 무엇을 떨어뜨렸는지 덜그럭 하는 소리가 났습니다. 그래서 그 집 부인이 눈을 뜨고 무엇이 깨지지 않았나 걱정이 되어 어둠 속에서 일어나 소리가 나는 쪽으로 더듬거리며 갔습니다.

그때 이런 일을 몰랐던 아드리아노는 소변을 보고자 일어나서 화장실을 찾아 더듬고 가다가 부인이 놓아둔 어린아이 요람에 발이 걸렸습니다. 그것을 치우지 않고는 갈 수 없기 때문에 그것을 들어 자기가 누웠던 침대 쪽에 옮겨 놓았습니다. 그리고 소변을 보고 돌아와 요람 따위는 잊어버리고 그대로 침대에 기어들었습니다.

한편 부인은 고양이가 떨어뜨린 것이 대단한 것이 아니었기 때문에 다시 침실로 돌아와 곧장 남편이 자고 있는 침대 쪽으로 더듬어 갔습니다. 그런데 거기에 아기의 요람이 없지 않겠습니까.

"어머나, 큰일 날 뻔했네. 까딱하면 손님의 침대에 들어갈 뻔했군!"

혼자 속으로 중얼거리며 다시 반대쪽으로 더듬으니 요람이 손에 잡혔습니다. 그 침대가 남편이 자는 침대인 줄 알고 아드리아노 곁으로 파고들었습니다.

아직 잠들지 않았던 아드리아노는 이게 웬 떡이냐 싶어 그녀를 기꺼이 맞아들였습니다. 그리고는 한 마디 입도 못 떼게 하고 잘 다루어 몇 차례나 그녀를 기쁘게 해주었습니다.

한편 피누치오는 진작부터 원하던 사랑의 즐거움을 맛본 후, 그대로 니콜로자와 함께 잠들어 버리면 큰일이라고 생각하고 자기 침대에 가려고 일어났습니다. 그런데 요람이 발에 걸렸으므로 그 옆에 있는 것이 주인의 침대인 줄 알고 몇 발자국 더 가서 진짜 주인의 침대로 기어들어가 누운 것입니다.

주인은 피누치오가 몸을 건드리는 통에 깼습니다.

"이처럼 굉장한 아가씨를 만난 것은 처음이야. 정말 사내가 여자한테서 얻을 수 있는 최상의 즐거움을 맛보았어. 아무튼 나는 여섯 번 이상이나 쾌감을 맛보았단 말이야."

주인은 이 말을 듣고 발끈해서 소리쳤습니다.

"아니, 이놈이 여기가 어딘 줄 아는 거야!"

그리고 이렇게 뇌까렸습니다.

"피누치오 씨, 무슨 짓이오? 도대체 왜 그런 짓을 했는지 까닭을 모르겠소. 하지만 이 원수는 반드시 갚고 말 테요."

피누치오는 그다지 영리한 편은 못 되었기 때문에 어떻게 잘 해서 이 위기를 모면할 생각은 하지 않고 이렇게 대답했습니다.

"나에게 복수를 해? 네가 어떻게 하겠다는 거야?"

그러자 남편과 자고 있는 줄 알고 있던 그 집 부인이 아드리아노에게 말했습니다.

"저런, 우리 집 손님들이 서로 말다툼을 하는군요."

아드리아노는 웃으면서 대답했습니다.

"그냥 싸우게 내버려 둬. 간밤에 술을 많이 마셨던 게지."

부인은 남편의 목소리가 아닌 아드리아노의 목소리를 듣자 자기가 지금까지 같이 잔 사나이가 누구인지를 깨달았습니다.

부인은 원래 침착한 여자였으므로 아무 말도 하지 않고 일어나서 어린애의 요람을 들고 어둠 속을 더듬어서 자기 딸의 침대 곁에 갖다놓고 딸과 함께 누웠습니다.

그런 다음 남편의 고함소리를 듣고 눈을 뜬 것처럼 해서 남편의 이름을 불러, 무엇 때문에 피누치오 님과 다투느냐고 물었습니다.

남편이 대답했습니다.

"지금 막 이 친구가 우리 니콜로자와 잤다고 지껄이는 말을 못 들었소?"

부인은 둘러대었습니다.

"그 말을 믿으세요? 절대로 그런 일은 없죠. 제가 밤새도록 니콜로자와 함께 여기 누워 있었는데요. 그런 말을 믿다니 당신이 어리석군요. 손님들이 간밤에 과음을 하시는 듯하더니, 아마 밤중에 꿈이라도 꾸시고 꿈속에서 재미를 보신 모양이죠. 잘못하면 큰일 날 뻔했네요. 피누치오 님은 자기 침대에서 주무시지 않고, 거기서 뭘 하세요?"

아드리아노는 부인이 임기응변으로 자기의 수치와 딸의 수치를 둘러대는 것을 보고 이렇게 말했습니다.

"피누치오, 자넨 꿈을 꾸고 일어나서는 그 꿈을 사실처럼 말하는 버릇이 있잖나. 언젠가는 혼이 날 테니 조심하라고 몇 번이나 타일렀는데. 자, 이리 오라구. 자네에게 불행한 밤이란 바로 이런 일인 거야."

주인은 아내의 말과 아드리아노의 말을 듣고는 피누치오가 꿈을 꾼 것이 틀림없다고 생각했습니다. 그래서 피누치오의 어깨를 흔들어 깨우며 이렇게 말했습니다.

"피누치오 님, 정신을 차리고 어서 저 침대로 돌아가요."

피누치오는 그제서야 상황을 알아차리고 일부러 꿈꾸는 사람 시늉을 하면서 새삼 헛소리를 했습니다. 그러자 주인은 배꼽을 쥐고 웃어 댔습니다.

피누치오는 마치 친구가 흔들어 정신을 차린 것처럼 하며 아드리아노를 보고 입을 떼었습니다.

"벌써 날이 밝았나?"

"자, 어서 이리 오라구."

피누치오는 무척 졸린 듯한 표정으로 느릿느릿 주인의 곁에서 일어나서는 아드리아노가 있는 침대로 돌아왔습니다.

이윽고 날이 새자 모두들 자리에서 일어났습니다. 그러자 주인은 다시 크게 웃으면서 꿈 이야기를 꺼내어 피누치오를 놀려댔습니다.

그리고 이런저런 얘기를 주고받은 다음, 두 청년은 떠날 준비를 했습니다. 이곳에 온 목적을 이룬 두 사람은 기뻐하며 플로렌스로 돌아온 것입니다.

그 후에도 피누치오는 여러 가지 다른 방법을 써서 여러 차례 니콜로자와 밀회를 거듭했습니다.

그러나 니콜로자는 어머니에게 끝끝내 그날 밤 피누치오가 정말 꿈을 꾸었다고 주장했던 것은 두말할 필요도 없습니다. 그러면 그녀의 어머니는 아드리아노의 포옹을 회상하고는 자기만은 꿈을 꾼 것이 아니라고 혼잣말로 중얼거렸습니다.

Giovanni Boccaccio

열일곱 번째 이야기

롬바르디아의 유서 깊은 도
시인 볼로냐에 명문 태생이며 덕망 있는 사람으로 많은
존경을 받고 있었던 젠틸레라는 청년 귀족이 살고 있었습
니다.

이 청년은 니콜루치오의 아내인 카탈리나를 연모하고 있
었으나, 조금도 그 사랑의 보답이 없었으므로 비관한 나머
지 마침 모도나의 시장에게 부름을 받은 것을 기회로 볼로
냐를 떠나버렸습니다.

이때 니콜루치오도 먼 길을 떠나 볼로냐에 없었습니다.
마침 임신중인 그의 부인은 이 도시에서 3마일 가량 떨어진

별장에 가 있었는데, 갑자기 심한 발작을 일으켜 쓰러졌습니다. 그리고 금방 혼수상태에 빠졌을 뿐 아니라, 마침내 의사로부터 사망선고를 받았습니다.

그녀의 친척들은 그녀가 임신한 지 얼마 안 됐다는 말을 들었기 때문에 뱃속의 어린아이가 미처 살았으리라고 생각하지 않고 깊은 슬픔 속에 그녀를 가까운 성당 묘지에서 장례를 치렀습니다.

이 소식은 곧 젠틸레에게 알려졌습니다. 그는 지금까지 그 부인으로부터 한 번도 따뜻한 사랑을 받은 적은 없었지만 매우 슬퍼하면서 이렇게 혼잣말을 중얼거렸습니다.

"카탈리나, 당신은 마침내 죽고 말았구려! 나는 당신이 살아 있는 동안 당신한테서 단 한 번의 눈길조차도 받지 못했습니다. 그러나 이제 당신은 나의 요구를 거절할 수 없는 몸이 되었으니 이제야말로 당신한테 키스를 할 수 있게 되었습니다."

밤이 되자, 그는 하인에게는 절대로 다른 사람들에게 비밀에 붙이라고 명령하고, 하인을 데리고 카탈리나의 묘지로 향했습니다.

무덤에 도착한 그는 무덤 문을 열고 조심스럽게 안으로 들어가서 그녀의 곁에 무릎을 꿇고 앉아, 자기의 얼굴을 그녀의 볼에 대고 하염없이 흐르는 눈물 속에서 몇 번이고 키스를 퍼부었습니다.

그런데 인간의 욕망이란 끝이 없는 것이며, 더욱이 사랑하는 사람의 욕망은 더욱 그칠 줄을 모르는 법인가 봅니다.

"이왕 여기까지 들어왔는데 한 번쯤 가슴에 손을 댄들 안될 까닭은 없겠지. 이제 두 번 다시 만질 수도 없고 볼 수도 없잖아."

욕망을 참지 못한 그는 그녀의 가슴에 손을 얹었습니다. 그런데 웬일입니까? 심장이 아직 뛰고 있는 것 같았습니다.

그는 순간 가슴이 섬뜩했으나 공포심을 억누르고 더욱 주의를 집중하여 심장의 박동에 집중을 하였습니다. 희미하나마 분명히 심장이 뛰고 있음을 느낄 수 있었습니다.

그는 곧 하인의 힘을 빌어 조심조심 그녀를 무덤에서 꺼내 자기의 말에 태우고 비밀리에 집으로 데리고 왔습니다.

그의 집에는 덕 있고 모든 일에 능숙한 어머니가 계셨습니다. 아들한테서 자초지종을 들은 어머니는 남몰래 방에 불을 지피고 그녀를 정성껏 간호를 해주었습니다.

그렇게 삼 개월이 흐른 어느날, 깊고 긴 한숨을 내쉬며 그녀가 깨어났습니다.

"어머나, 내가 지금 어디 있는 거죠?"

친절한 젠틸레의 어머니는 이렇게 대답했습니다.

"안심하세요. 당신은 조금도 두려워 할 필요가 없는 곳

에 계시다오."

카탈리나 부인은 정신을 차려 사방을 살펴보았으나 어디가 어딘지 도무지 알 수가 없었습니다. 더구나 눈 앞에 젠틸레가 있는 것을 보고는 한층 더 놀라서 그의 어머니를 보고 어째서 자기가 여기에 왜 와 있는지 물었습니다.

그 말에 젠틸레는 일이 이렇게 된 자세한 경위를 얘기해 주었습니다.

그녀는 이 말을 듣고 적지 않게 슬퍼했으나, 이윽고 정중히 고맙다는 인사를 했습니다. 그리고는 자기가 그에 대해서 품고 있었던 애정과 그의 명예를 위해서도 그녀와 남편의 명예를 손상시키는 일이 없도록 날이 밝으면 집으로 돌려보내 달라고 간청했습니다.

이 말을 듣고 젠틸레는 이렇게 대답했습니다.

"부인, 나의 욕망이 과거에 아무리 격렬한 것이었다 해도, 지금까지 내가 당신에게 품고 있었던 사랑으로 인해 하느님이 당신을 죽음에서 되살아나게 하는 은총을 내게 베푸셨으니 앞으로는 무슨 일이 있어도 당신을 사랑하는 누이로서 대할 것입니다.

그러니 오늘밤 내가 당신에게 베푼 호의를 생각하여 내가 부탁하는 한 가지 청만은 거절하지 않기를 바랍니다."

부인은 자기가 할 수 있는 일이고, 올바른 일이라면 무엇이든 하겠노라고 상냥하게 대답했습니다.

그러자 젠틸레는 말했습니다.

"부인, 당신의 친척과 그리고 모든 볼로냐의 사람들은 당신이 죽은 것으로 알고 있습니다. 그러므로 내가 돌아올 때까지 내 어머니와 함께 여기서 조용히 지내 주기를 부탁합니다. 물론 나는 빨리 돌아오겠습니다.

이런 부탁을 하는 이유는 이 도시의 많은 사람들 앞에서 당신의 남편에게 특별하고 소중한 선물로 당신을 선사하고 싶은 마음 때문입니다."

부인은 하루라도 빨리 집안 식구들에게 자기가 살아 있다는 것을 알려 기쁘게 해 주고 싶은 마음은 간절했지만, 그에 대한 고마운 마음과 그의 청에 악의가 없음을 깨닫고는 그의 말을 따르기로 했습니다.

그런데 부인이 갑자기 진통이 오기 시작했습니다. 젠틸레의 어머니는 해산이 임박했음을 알고 극진히 간호를 해 주었습니다. 이윽고 그녀는 사내아이를 낳았습니다.

젠틸레는 그녀가 자기의 아내이기라도 한 것처럼 산후조리를 해 주고, 가족들에게 부인의 신변을 잘 보살펴 주라는 당부를 남기고 비밀리에 모도나로 돌아갔습니다.

얼마 후 그는 임기를 마치고 볼로냐로 돌아오게 되었습

니다. 볼로냐에 도착하는 날 아침에 니콜루치오를 포함한 시의 유면 인사 여러 명을 초대하여 자기 집에서 성대한 연회를 베풀었습니다.

젠틸레는 우선 손님들에게 인사를 하고 나서 거실로 갔습니다. 부인이 전보다 훨씬 아름다워지고 건강한데다 아이도 탈 없이 잘 자란 것을 보고는 무척 기뻐했습니다.

그는 미리 자기가 취할 행동과 그에 대처할 부인의 행동에 대해 말을 해 놓았기 때문에 그럭저럭 잔치가 끝날 무렵 자리에서 일어나 다음과 같이 말했습니다.

"여러분, 이것은 언젠가 다른 사람한테서 들은 말입니다만, 페르시아에는 옛날부터 재미있는 풍습이 하나 있다고 합니다. 그것은 다름 아니라 친구를 대접하고자 할 때는 그를 자기 집으로 초대하여 아내이든 애인이든 혹은 딸이든 아무튼 자기가 가장 아끼는 것을 친구에게 보여준다고 합니다. 만일 가능하다면 자신의 심장조차도 기꺼이 보여 준다고 합니다. 그래서 나도 이번 기회에 그 풍습을 한번 해보고 싶다는 생각을 하였습니다.

여러분은 이 연회에 참석하심으로써 나에게 영광을 베풀어 주셨습니다. 그래서 이 세상에서 둘도 없고 또한 언제까지라도 가지고 싶은 소중한 것을 여러분에게 보여드려 경의를 표하고자 합니다.

그런데 그 전에 여러분에게 문제 하나를 제시하여, 그에 대한 여러분의 의견을 듣고 싶습니다.

어떤 집에 있는 하인이 중한 병에 걸렸다고 합시다. 그런데 그 주인은 아직 숨도 끊어지지 않은 하인의 최후를 봐 주려하지 않고 그 하인을 거리에 갖다버렸다고 합시다. 마침 그때 지나가던 사람이 그를 불쌍히 여겨 집으로 데리고 가서 약값을 아끼지 않고 극진히 간호하여 되살려 주었습니다.

여기서 여러분에게 묻고 싶은 것은, 그가 그 하인을 자기 집에 두고 있는데 만약 먼저 주인이 되돌려달라고 할 때 그것을 거절하고 돌려주지 않았다고 해서 과연 그 주인이 두 번째 주인에게 시비를 건다 거나 비난을 하는 것이 옳은지 그른지 의견을 말씀해 달라는 것입니다."

초대된 손님들은 그 문제를 서로 논의하다가 마침내 의견의 일치를 보고는 가장 말주변이 있는 니콜루치오를 대표로 내세워 답변을 하도록 했습니다.

그는 우선 페르시아 풍습을 찬양한 다음, 이것은 자기를 포함한 손님들 모두의 일치된 의견이라면서 첫 번째 주인은 하인이 병들자 간병을 하지 않았을 뿐만 아니라 거리에 버렸으니 그 하인에 대해서 아무런 권리도 없기 때문에 하인이 두 번째 주인으로부터 받은 은혜를 위해 그의 하인이 되는 게 당연하다고 말했습니다.

그리고 그렇기 때문에 두 번째 주인이 하인으로 부리고 있어도 먼저 주인에게 어떠한 권리침해나 부정한 행위가 되지 않는 것이라고 말했습니다.

그곳에 있던 사람들은 이구동성으로 니콜루치오의 답변이 옳다고 말했습니다.

젠틸레는 이런 답변을 만족스럽게 여기며, 자기도 같은 생각이라는 것을 말하고 다음과 같이 말을 이었습니다.

"그럼, 약속드린 바와 같이 여러분에게 경의를 표하겠습니다."

그는 두 하녀를 불러 이미 아름답게 단장을 마친 카탈리나 부인을 모시고 나와 여러분들을 기쁘게 해드리도록 하라고 일렀습니다.

부인은 귀여운 아들을 품에 안고 두 하녀를 양쪽에 거느리고서 들어갔습니다. 그리고는 젠틸레의 지시대로 한 신사 곁에 앉았습니다.

"여러분, 이 사람이 내가 가장 소중히 여기고 또한 앞으로도 영원히 아끼고 사랑하게 될 사람입니다."

손님들은 그녀에게 인사를 하고 입을 모아 칭송하면서 젠틸레를 향하여 당신이 이 부인을 그렇게 귀히 여기는 것도 당연한 일이라고 말했습니다. 그들 중에는 만약 카탈리나 부인이 죽지 않았다면 이 부인이 바로 그 카탈리나가 아니냐고 물을 듯한 사람이 여럿 있었습니다.

그 중에서도 니콜루치오는 물끄러미 그녀를 바라보다가 젠틸레가 잠깐 자리를 비우는 틈을 타서 그녀가 누구인지 알고 싶어 더는 못 참겠다는 듯, 그녀에게 다가가 볼로냐의 사람인지, 아닌지를 물어 보았습니다.

부인은 자기 남편에게 그런 질문을 받고도 대답을 하지 않는다는 것이 무척 괴로웠습니다. 그러나 젠틸레와의 약속을 지키기 위해 입을 꾹 다물고 침묵을 지켰습니다. 그러자 어떤 사람은 그 아이는 당신의 아들입니까, 당신은 젠틸레의 부인입니까, 혹은 친척입니까 하는 질문을 던졌습니다. 그러나 부인은 어떤 질문에도 답하지 않았습니다.

그러는 동안 젠틸레가 돌아오자 손님 한 사람이 이렇게 물었습니다.

"젠틸레 씨, 이 분은 매우 아름답지만 말씀을 못 하시는 것 같군요. 사실입니까?"

"여러분, 그녀가 지금 말을 하지 않는 것은 드높은 지조의 상징입니다."

"그럼 어서 이 부인이 누구인지 말씀해 주십시오."

"기꺼이 말씀드리죠. 그러나 말씀드리기 전에 한 가지

여러분에게 부탁드리고 싶은 것은 내가 어떤 말은 하든지 내 말이 끝날 때까지 어느 분이든 자리를 뜨지 마십시오."

손님들은 모두 그렇게 하겠다고 약속했습니다.

젠틸레는 카탈리나 부인 곁에 앉으며 입을 열었습니다.

"여러분, 이 부인은 가족한테서 그다지 소중한 대접도 받지 못하고 또 소용없는 천한 존재로 거리에 버려진 것을 내가 구해 정성어린 간호와 노력으로 죽음의 심연에서 살려 냈습니다.

하느님은 나의 마음을 가상히 여기셔서 무서운 시체를 나를 위해 이토록 아름다운 분으로 소생시켜 주셨습니다.

그럼 여러분에게 어떻게 그런 일이 생겼
는지 설명해 드리겠습니다."

이렇게 말하고는 자기가 카탈리나 부
인을 사랑하기 시작한 날부터 이제까지의 일
을 털어놓자 듣는 사람 누구 하나 놀라지 않는 이가
없었습니다.

그는 다시 덧붙여 말했습니다.

"니콜루치오씨가 조금 전에 말씀하신 그 의견을 변경하
지 않는 한 이 부인은 나의 사람이 되는 것입니다. 어느 누
구든 어떤 정당한 권리를 내세우더라도 이 부인을 돌려달라
는 요구는 할 수 없을 것이라고 생각합니다."

그의 말은 여기서 일단 그쳤으나, 아무도 감히 이의를 제
기하지 않았습니다. 오히려 손님들은 그가 다시 무슨 말을
꺼내기를 기다리는 표정이었습니다.

니콜루치오를 비롯한 여러 사람과 카탈리나 부인은 감동
한 나머지 소리 없이 흐느끼기 시작했습니다. 이윽고 젠틸
레는 일어나서 어린애를 받아 안고 부인의 손을 잡고서 니
콜루치오 앞으로 다가가 이렇게 말했습니다.

"자, 일어나십시오. 나는 당신의 부인을 돌려드리려는
게 아닙니다. 당신의 집안과 부인의 친척들은 이 부인을 버
렸습니다. 그러나 이 아이의 양부인 나는 이 부인을 아이와

함께 당신에게 선사하고 싶습니다. 이 아이는 분명히 당신의 아들입니다. 내가 세례에 입회하여 젠틸레라고 세례명을 지어주었습니다.

아울러 당신에게 말씀드리고 싶은 것은, 부인이 석 달 동안 내 집에 있었다고 해서 당신의 사랑이 조금이라도 식어서는 안 된다는 것입니다. 그 이유는 하느님에게 맹세를 드리지만, 이 부인의 목숨을 살리기 위해서 나에게 이 부인에 대한 사랑을 허락하신 것 같습니다. 이 부인이 댁에 계셨다면 내 집에서 나의 어머니와 지낸 것처럼 당신의 부모님과 그리고 당신과 더 정숙한 생활을 할 수 없었을 거라는 사실입니다."

여기까지 말한 젠틸레는 부인을 향하여 입을 떼었습니다.

"부인, 이제 나는 부인이 내게 하신 일체의 약속으로부터 벗어나서 자유로이 니콜루치오 씨에게 돌아가도록 하겠습니다."

말을 마친 그는 부인과 아이를 니콜루치오의 손에 넘겨주고 자기 자리로 돌아왔습니다.

니콜루치오는 감격에 넘쳐 덩실덩실 춤이라도 출 것 같았습니다. 그는 젠틸레에게 온갖 말로 감사의 뜻을 표했습니다. 다른 손님들도 모두 감동하여 눈물을 흘리며 입을 모아 칭송했습니다.

이리하여 부인은 말할 수 없는 기쁨 속에서 자기 집으로 돌아갔습니다. 그리고 모든 볼로냐 시민들로부터 오랫동안 경이의 시선을 받았습니다. 그 후부터 젠틸레는 니콜루치오를 비롯한 그의 집안과 부인의 친척들과도 다정하게 지냈다는 것입니다.

Giovanni Boccaccio

열여덟 번째 **이야기**

그다지 멀지 않은 옛날, 나폴리의 한 남자가 페로넬라라는 젊고 요염한 미인을 아내로 맞았습니다. 남자는 미장이였고 아내는 길쌈을 매며 오순도순 살았습니다.

그러던 어느 날, 동네에 사는 쟌넬로라는 젊은이가 페로넬라를 보고 그만 홀딱 반해 버렸습니다. 그리하여 그는 갖은 수단을 다 써서 마침내 그녀와 가까이 하는 데 성공했습니다.

이윽고 두 사람은 좀더 자주 은밀하게 만나기 위해 잔꾀를 꾸몄습니다. 페로넬라의 남편은 아침 일찍 일을 찾아 나갔으므로, 쟌넬로는 그 근처에 숨어 있다가 그가 나가는 것을 확인한 다음 그녀의 집으로 잠입하여 두 사람은 몇번이나 밀회를 즐길 수 있었습니다.

그러나 어느 날 아침, 뜻하지 않은 일이 일어나고 말았습니다. 그 순박한 남편이 집을 나간 후 쟌넬로가 집 안으로 들어가 페로넬라와 한참 재미를 보고 있었는데, 여느 때는 해가 진 후에야 돌아오곤 하던 그녀의 남편이 이 날은 일찍 되돌아오고 만 것입니다.

그런데 문이 안으로 잠겨져 있었으므로 남편은 탕탕 문을 두드리면서 이렇게 혼잣말로 중얼거렸습니다.

"오, 하느님 감사합니다. 비록 나에게 가난한 운명을 주셨으나, 그대신 이토록 품행이 바른 훌륭한 아내를 내게 주셨으니 감사 또 감사합니다! 나의 아내는 내가 나가자마자 아무도 집에 들어올 수 없도록 문을 이토록 단단히 잠그니 말입니다."

한편 페로넬라는 밖에서 문을 두드리는 소리를 듣고 남편이 돌아왔다는 것을 알았으므로 쟌넬로에게 이렇게 말했습니다.

"아아, 쟌넬로 큰일났어요! 남편이 돌아왔어요! 야단났네, 어떡하면 좋아! 남편이 전에는 이렇게 일찍 들어온 일이 없었는데, 무슨 영문인지 모르겠어요! 아마 당신이 들어오는 걸 본 모양이에요. 할 수 없군요. 안됐지만 저기 저 통 속으로 좀 들어가 계세요. 나는 문을 열어야 하니까요."

쟌넬로는 재빨리 술통 속으로 들어갔습니다. 그러자 페로넬라는 문을 열고 새침한 얼굴로 이렇게 말했습니다.

"아니, 어째서 이렇게 일찍 돌아왔나요? 연장을 들고 되돌아온 걸 보니 오늘은 공친 모양이군요. 그래가지고 어떻게 살 수 있겠어요? 대체 끼니를 어떻게 이어가려고 그러는 거냐구요. 몽땅 저당 잡혀먹자는 건가요? 손톱이 닳아빠질 정도로 나더러 물레를 돌리라는 건가요? 나는 그래도 등잔에 켤 기름값이라도 벌려고 억척을 부리는데, 봐요, 동네 사람들은 이렇게 악착같이 일하는 나를 보고 놀라기도 하지만, 바보처럼 잘도 참고 일한다면서 업신여기기도 한다구요. 그런데 당신은 이렇게 양손 늘어뜨리고 어슬렁어슬렁 일찍 집으로 돌아오는 거예요!"

이렇게 눈물을 흘리며 말하면서 또다시 같은 잔소리를 늘어놓기 시작했습니다.

"아아! 불쌍한 내 신세야, 팔자도 기구하지! 나는 사실 아주 젊고 훌륭한 부자하고 혼인할 수도 있었다구요. 그런데 여편네 생각은 조금도 하지 않는 머저리 같은 작자하고 살려고 그런 남자를 차버렸으니…. 다른 여자들은 남편이 있으면서도 모두 두 세 명의 애인들을 가지고 있다구요. 둘이나 셋쯤 그런 사나이가 없는 사람이라곤 없어요. 그런 재미를 보면서도 남편에게는 달을 해라고 속여먹는다구요.

아아! 나는 너무나 불쌍해요! 이것도 다 사람이 너무 좋다보니까 그런 이야기에는 귀도 기울이지 않고 일만 죽도록 한 탓이라구요. 나라고 다른 여자들처럼 애인을 가질 수 없는 이유가 뭐예요? 이봐요, 당신 잘 들어요. 나도 원하기만 하면 얼마든지 상대를 만들 수 있다구요. 내게 홀딱 반해서 옷이든 보석이든 돈이든 내가 원하는 건 뭐든지 갖다 주겠다는 사람도 있어요. 하지만 나는 그런 짓은 하지 못하는 여자니까 그런 생각은 꿈도 꿔보지 않았죠. 아아! 그런데 당신은 일해야 할 시간에 집으로 돌아오다니 참으로 답답합니다."

그러자 남편은 이렇게 말했습니다.

"여보, 너무 그러지 말구려. 당신이 어떤 여자인지는 내가 잘 알고 있소. 지금 이 순간에도 당신이 훌륭하다는 걸 알았소. 나도 당신 말대로 일을 찾아나갔다오. 그런데 오늘은 성 갈레오네 축제일로 일하지 않는 날이더군. 그러니 이 시간에 돌아왔지. 내가 왜 공연

히 돌아왔겠소.

하지만 한 달 이상 먹을 걱정은 하지 않아도 되는 좋은 방법이 하나 있다오. 사실은 여기 모시고 온 저분에게 저기 있는 술통을 팔기로 했다오. 당신도 알다시피 우리에게는 자리만 차지해서 처치 곤란인 물건이 아니오? 이 분이 글세 은전 다섯 닢에 그 통을 사겠다는 것이오."

그러자 페로넬라가 말했습니다.

"그런 점이 나를 괴롭히는 거라구요. 당신은 남자랍시고 이리저리 돌아다녀서 세상일을 너무나도 다 잘 알텐데, 이런 좋은 통을 은전 다섯 닢에 팔겠단 말인가요? 나는 제대로 바깥구경 한 번 해보지 않았지만, 어떤 사람에게 그 통을 은전 일곱 닢에 팔아치웠다고요. 그 사람은 통이 튼튼한가 어떤가 살펴보려고 지금 그 속에 들어가 있다구요."

남편은 아내의 말을 듣고 대단히 기뻐하며 술통을 사려고 같이 온 남자에게 말했습니다.

"당신에게는 미안하게 되었소만 그냥 돌아가야겠소. 당신도 지금 들었지만 당신은 겨우 은전 다섯 닢을 주겠다고 했는데 마누라는 일곱 닢에 팔았다지 뭡니까."

그 사나이는 하는 수 없이 그냥 돌아갔습니다.

이때 페로넬라가 남편을 보며 말했습니다.

"당신이 돌아왔으니까 이리 와서 흥정 좀 하세요."

한편 통 속에 들어간 쟌넬로는 난처하게 되는 것이 아닌가 하고 걱정하면서 귀를 세우고 있다가 페로넬라의 말을 듣고 얼른 통에서 나와 남편이 돌아온 것은 전혀 모르는 체하며 의젓하게 말했습니다.

"부인, 어디 계세요?"

그러자 곁에 와 있던 남편이 물었습니다.

"내가 대신 상대하리다. 무엇 때문에 그러시죠?"

"당신은 누구요? 나는 지금 이 통을 부인하고 흥정하는 중인데요."

"걱정말고 나하고 흥정하면 됩니다. 내가 그 여자의 남편이니까."

그러자 쟌넬로가 대답했습니다.

"이 통은 튼튼하기는 한데 오랫동안 술찌꺼기를 담아 놓아 온통 술찌꺼기 투성이입니다. 그것도 아주 딱딱하게 눌어붙어서 긁어도 잘 떨어지지 않아요. 그래서 말씀인데 통을 깨끗하게 닦아주시지 않으면 사가지 못하겠는데요."

그러자 페로넬라가 얼른 대답했습니다.

"그런 사소한 일 때문에 흥정을 망치게 되면 안되죠. 저의 남편이 당장 깨끗이 씻어드릴 것입니다."

"암, 당신 말이 옳소."

옆에서 보고 있던 남편도 맞장구를 쳤습니다.

이리하여 그는 연장을 내려놓고 웃옷을 벗고는 셔츠 바람으로 통속으로 들어가 쇠붙이로 술찌꺼기를 긁어내기 시작했습니다. 페로넬라는 남편의 일을 몹시 걱정하는 체하면서, 그다지 크지도 않은 통 속에다 머리를 디밀고 게다가 한쪽 팔과 어깨마저 밀어넣고서는 참견을 하기 시작했습니다.

"여기를 긁어내세요. 그리고 저기도. 여기도 아직 그대로 있네요."

페로넬라가 이런 자세로 남편에게 지시하고 가르쳐 주고 있는 사이에, 쟌넬로는 갑자기 그녀의 남편이 돌아왔기 때문에 욕망을 채우지 못하고 있었으므로, 만족스럽게 되지는 않으리라고 생각하면서도 되도록 목적한 바를 이루리라고 마음먹었습니다.

그래서 통 속에 반쯤 걸쳐져 있는 페로넬라의 몸 뒤로 돌아가 넓은 들판에서 고삐가 풀린 수말이 욕정에 불타올라 암말을 덮치는 듯한 형상으로 타오르는 욕정을 사르고야 말았습니다.

그 일이 끝난 순간에 통속도 깨끗이 매만져졌습니다. 쟌넬로가 페로넬라에게서 떨어지고 그녀가 통에서 얼굴을 꺼내자 남편도 곧 밖으로 나왔습니다.

페로넬라가 쟌넬로에게 말했습니다.

"이 등불을 들고 통 속의 찌꺼기가 아주 깨끗하게 되었는지 어쩐지 살펴보세요."

　쟌넬로는 통 속을 들어다보며 만족한다고 대답하면서, 은전 일곱 닢을 주면서 남편을 시켜 그 통을 자기 집에까지 운반케 했습니다.

Giovanni Boccaccio

열아홉 번째 **이야기**

옛날 피렌체에 한 귀족이 있었습니다. 그에게는 세 명의 아들이 있었는데, 장남은 람베르토, 차남은 테달도, 막내는 아골란테라고 했습니다.

이 세 아들은 큰 부자인 아버지가 세상을 떠나고 막대한 동산이며 부동산이 유산으로 남게 되었을 때, 장남이 채 열여덟 살이 되지 않았지만 삼 형제는 모두 늠름한 미남 청년이 되어 있었습니다.

아무튼 아들들은 상속받은 돈과 부동산으로 큰 부자가 되자, 방탕한 생활에 빠져 누구의 눈치를 볼 것도 없이 마음대로 재산을 물 쓰듯 쓰기 시작했습니다. 많은 하인들을 고용하고, 값비싼 말이며 개와 새를 기르고, 매일 호화로운 연회를 베풀고, 갖가지 무술대회를 개최하면서 사치스럽기 짝이 없는 생활을 했을 뿐 아니라 젊음이 바라는 대로 여색에도 빠졌던 것입니다.

이런 생활이 얼마 가지 않아 아버지가 물려 준 재산은 바닥이 나고 말았습니다. 그리고 자기들의 수입만으로는 이 낭비를 감당할 수 없게 되어 토지를 팔거나 저당을 잡히지 않으면 안 되었습니다.

이렇게 오늘은 여기를, 내일은 저기를 팔아먹는 동안에 그들의 재산은 하나도 남지 않게 되었습니다. 그제야 돈 때문에 어두워져 있던 그들의 눈이 비로소 떠진 거지요.

어느 날 장남 람베르토는 두 아우를 불러서 옛날을 회고하면서 자기들이 얼마나 부모가 남긴 빚의 혜택을 입었던가, 또 재산이 얼마나 있었던가, 하지만 그것도 자기들의 부질없는 낭비 탓으로 바닥이 나 버렸다고 실토했습니다. 그리고 가장 좋은 방법으로서 더 이상 비참한 처지에 빠지기 전에 남아 있는 얼마 되지 않는 물건이라도 팔아서 함께 이곳을 떠나자고 제의했습니다. 그래서 삼 형제는 그렇게 하기로 했습니다.

그들은 아무에게도 알리지 않고 몰래 피렌체를 떠나 영국으로 건너갔습니다. 그리고 런던에서 조그마한 집을 한 채 얻어 검소한 생활을 하면서 고리대금업을 시작했습니다. 그렇게 하는 동안에 행운의 여신이 도왔는지 몇 해가 안 되어 막대한 돈을 모을 수 있게 되었습니다.

이리하여 그들은 다시 고향으로 돌아와서는 전에 있던 토지의 대부분을 다시 사들이고 게다가 다른 토지까지 사서 저마다 각각 결혼을 하였습니다. 그리고 영국에서 하던 고리대금업을 계속하고 있었으므로 그들의 조카인 알렉산드로를 런던으로 보내어 그 일을 도맡게 했습니다.

그런데 피렌체에 살게 된 삼 형제는 옛날의 방탕한 생활이 어떤 결과를 가져왔던가를 까마득히 잊어버리고, 이번에는 처자를 거느리는 몸이면서도 과거 이상의 낭비를 되풀이하였습니다.

이런 무절제한 사치생활이 몇 해 동안 계속될 수 있었던 것은 런던에 가 있는 알렉산드로가 가옥과 토지를 담보로 잡고 돈을 빌려 주는 일을 해서 꽤 많은 이익을 거두었기 때문에 가능했던 것입니다.

삼 형제는 이렇듯 낭비를 계속하다 돈이 떨어지자, 영국에서 올 송금을 예상하고 미리 돈을 빌려 쓰기도 했습니다. 그들이 이렇게 생활하고 있는 동안에 전혀 뜻하지 않은 사건이 일어났습니다.

영국에서 국왕과 왕자 사이에 전쟁이 터지고 만 것입니

다. 그 때문에 국민이 왕을 지지하는 편과 왕자를 지지하는 편으로 둘로 나뉘어졌습니다. 이리하여 알렉산드로는 저당으로 받은 가옥도 다 빼앗겼고, 믿고 있던 수입도 모조리 끊어지고 말았던 것입니다.

알렉산드로는 곧 국왕과 왕자가 화해를 하겠지, 그렇게 되면 원금과 이자도 다시 찾을 수 있을 거라고 생각하고 날마다 희망을 잃지 않고 영국에 그대로 머물러 있었습니다.

한편 피렌체에 있는 삼 형제는 여전히 사치와 방탕의 생활을 계속하여 날마다 빚을 늘려가면서 도무지 낭비하는 생활을 그만 두지 않았습니다.

그러나 몇 해가 지나도 희망은 이루어지지 않고 삼 형제는 그만 완전히 신용을 잃고 말았습니다. 더욱이 있는 재산을 다 털어도 그 빚을 갚지 못하자, 마침내 감옥에 갇히게 되었습니다. 그들의 아내와 어린 자식은 비참한 꼴로 이곳 저곳으로 흩어져 겨우 생계를 이어 나갔습니다.

한편 알렉산드로는 영국의 평화가 다시 찾아오기를 몇 년 동안이나 기다리고 있었지만 모든 것이 부질없는 일이라 생각하고 그렇게 있다간 자기 목숨마저 부지할 수 있을 것 같지 않아 이탈리아로 돌아가기로 결심하고 혼자 여행길에 나섰습니다.

그런데 플랑드르의 브뤼제를 떠나왔을 때, 마침 흰 옷을 입은 수도원장이 많은 수도사를 거느리고 짐마차를 이끌고 도시에서 떠나가는 것을 보았습니다. 짐마차 옆에는 유서 깊은 가문의 기사 두 사람이 수행하고 있었는데, 그 사람들은 국왕의 친척들로서 알렉산드로와 아는 사이였으므로 그는 쉽게 그들과 함께 길을 나섰습니다.

그들과 일행이 된 알렉산드로는 함께 말을 몰면서 이렇게 많은 수도사를 거느리고 선두에서 가고 계시는 수도원장은 대체 어떤 분이며, 어디로 가시는 길이냐고 조심스럽게 물어보았습니다. 그러자 기사 한 사람이 대답했습니다.

"선두에 말을 타고 가시는 젊은 분은 저희들의 친척되는 분으로 이번에 영국의 큰 수도원의 원장으로 임명되셨는데, 정식으로 그런 권위 있는 지위에 앉기 에는 아직 나이가 젊다는 우려의 소리가 나와서 우리와 함께 로마로 가서 그 사 유를 제거해 주십사고 교황님께 간청을 하러 가는 길입니다. 그런데 이 일은 아 직 비밀이니까 혼자만 알고 계십쇼."

이렇게 그들이 계속 여행을 하는 동안 에 그 젊은 수도원장은 자기 곁에서 가 고 있는 알렉산드로가 눈에 띄었습니

다. 알렉산드로는 체격도 훌륭하고 용모도 점잖았으며 아주 미남이었습니다. 더욱이 행동거지가 누구 못지 않게 훌륭하고 세련돼 보였습니다.

수도원장은 이 청년을 보자마자 전에 만났던 그 누구보다도 그를 좋아하게 되었습니다. 이리하여 알렉산드로를 불러 즐거운 듯 말을 건네며, 너는 대체 누구며, 어디로 가는 길이냐 하고 물었습니다. 그래서 알렉산드로는 자기 신상을 솔직히 털어놓고는 대단한 일은 못하지만 어떤 심부름이든 시켜달라고 말했습니다.

수도원장은 그의 말투가 훌륭하고 조리도 있었으며, 특히 그 태도를 보고 있으니 비록 천한 직업을 가졌을 망정 귀족 출신이 틀림없다고 생각하고 더더욱 호감을 가지게 되었습니다.

그래서 그의 불운에 동정하여 친절히 위로를 해주고 결코 실망하지 말라고 격려했습니다. 그리고 당신은 훌륭한 분이니까 하느님은 당신을 절망의 구렁텅이에서 끌어올려 다시 높은 지위에 앉혀 주실 테니 계속 용기를 잃지 말고 참고 나가라고 일렀습니다. 더욱이 자기는 토스카네에 가는 길인데 만일 같은 방향으로 간다면 동행해 주었으면 기쁘다고까지 덧붙였습니다.

알렉산드로는 그런 위로의 말을 매우 고맙게 생각하고 자기가 할 수 있는 일이라면 무엇이든 하겠다고 대답했습니다.

수도원장은 알렉산드로를 만나고부터 묘하게 설레였습니다. 그러는 동안 일행은 변변한 여관 하나 없는 어느 마을에 도착했습니다.

어쩔 수 없이 그곳에서 밤을 보내야 했으므로 알렉산드로는 전부터 잘 알고 있는 여관으로 수도원장을 모시고 가가장 좋은 방으로 안내했습니다. 그리고 그는 수도원장의집사 역할을 하였으며, 이 마을에 도착해서도 부지런히 움직여서 모든 종자들을 여기저기 묵게 해주었습니다. 그리고 저녁 식사가 끝나자 밤이 매우 깊었으므로 모두 잠자리로 돌아갔습니다.

그제서야 알렉산드로는 여관 주인에게 자기는 어디서 자면 되느냐고 물었습니다.

그러나 주인은 이렇게 대답했습니다.

"글세, 어디서 주무셔야 할까요. 보시다시피 방마다 만원이라서 우리집 식구도 의자 위에서 자야 하는 형편이니까요. 다만 수도원장님 방에는 곡물 상자가 몇 개나 있으니거기에다 잠자리를 만들어 드리지요. 그래도 좋으시다면오늘밤은 거기서 주무시도록 하십시오."

알렉산드로는 대답했습니다.

"내가 어떻게 원장님이 주무시는 방에서 잔단 말이오.

더군다나 그 방은 너무 좁아서 수도사들도 한 방에서 자지 못했잖아요.

그럴 줄 알았더라면 수도사들을 곡물 상자 위에서 자게 할 걸. 그랬으면 나는 지금 수도사들이 자고 있는 방에서 잤을 텐데."

그러자 주인이 말했습니다.

"그건 그렇습니다만 사정이 이러하니 거기서 주무시도록 하세요. 그런 대로 편히 주무실 수 있습니다. 지금쯤은 수도원장님도 잠이 드셨을 겁니다. 제가 살며시 이불을 날라다 드릴 테니 그렇게 하세요."

알렉산드로는 그렇게 해준다면 수도원장에게 별로 폐를 끼치는 것도 아닐 것 같아 그에 동의했습니다. 그리하여 될 수 있는 한 소리가 나지 않게 곡물 상자 위에 몸을 뉘었습니다.

그런데 수도원장은 아직 잠들어 있지 않았습니다. 잠들기는커녕 평생 처음 느껴보는 욕망에 흥분되어 잠을 이룰 수가 없었고, 여관 주인과 알렉산드로가 주고받는 말을 이미 다 듣고 있었던 것입니다.

수도원장은 너무 기뻐 이렇게 혼잣말로 중얼거렸습니다.

'하느님은 내 뜻을 이룰 수 있는 절호의 기회를 주신 거다. 만일 이 기회를 놓치면 앞으로 오랫동안 이런 좋은 기회가 찾아오지 않을 것이다.'

　수도원장은 마침내 결심을 하고, 주위가 다 잠들어 고요해지는 때를 기다렸다가 나직한 소리로 알렉산드로를 불러 자기 곁에 와서 자지 않겠느냐고 말했습니다. 처음엔 완강히 거절했습니다만 하는 수 없이 시키는 대로 옷을 벗고 그 옆에 누웠습니다.

　수도원장은 지체 없이 그의 가슴 위에 손을 얹고 연인들끼리 사랑을 호소할 때 하듯 쓰다듬기 시작했습니다.

이에 알렉산드로는 깜짝 놀라, 이런 불결한 짓을 하다니 어쩌면 수도원장이라는 것은 새빨간 거짓말이며 가짜가 아닐까 하고 의심했습니다. 그래서 몸을 이리저리 움직여 쓰다듬으려는 손을 피했습니다.

수도원장은 직감적으로 자기가 의심을 받고 있다는 것을 깨달았습니다. 그래서 입고 있던 속옷을 벗고 알렉산드로의 손을 잡아 자기의 가슴 위에 올려놓으면서 말했습니다.

"알렉산드로, 쓸데없는 의심은 하지 말아요. 여기 내가 감추고 있는 것을 만져봐요."

알렉산드로가 수도원장의 가슴을 더듬어 보니 마치 상아로 만들어 놓은 것 같은 둥글고 좀 단단하지만 동시에 부드러운 두 개의 조그만 젖가슴을 만질 수 있었습니다. 이윽고 수도원장이 여자라는 것을 아는 순간 상대방의 유혹을 기다릴 것 없이 그녀를 껴안고 입을 맞추려 했습니다.

그러자 그녀는 말했습니다.

"알렉산드로, 더 가까이 오시기 전에 말씀드릴 것이 있습니다. 아시다시피 저는 남자가 아닙니다. 사실은 결혼문제로 교황을 뵙기 위하여 처녀의 몸으로 고향을 떠난 것입니다. 그런데 일전에 당신을 뵙는 순간, 당신에게는 행운이고 제게는 불행이 될지 모르지만 당신에게 불같은 사랑을 느끼고 말았어요.

지금까지 어느 여자도 이처럼 뜨거운 사랑을 남자에게 품은 적이 없을 거라고 여겨질 정도예요. 그 순간 당신을 제 남편으로 삼기로 결심했어요. 만일 당신이 저를 아내로 삼고 싶지 않으시거든 지금 당장 당신의 침대로 돌아가셔요."

알렉산드로는 그녀가 누구인지는 아직 몰랐습니다. 많은 수행원들의 모습에서 짐작하더라도 부유한 상류계급의 여자가 틀림없다고 생각했고, 더욱이 매우 아름다운 여자라는 것을 알고 있었으므로 우물쭈물 생각할 것도 없이 당신만 좋으시다면 자기로서는 이 이상 기쁜 일이 없다고 대답했습니다.

그러자 그녀는 침대에서 일어나 앉아 그리스도 상이 새겨져 있는 성판 앞에서 그의 손에 반지를 끼워 주고 결혼을 맹세케 했습니다. 그리고 서로 얼싸안고는 그날 밤의 시간이 허락하는 데까지 끝없는 애욕의 기쁨을 즐겼던 것입니다.

날이 밝자 두 사람은 여러 가지 의논을 한 다음, 알렉산드로는 일어나서 간밤에 어디서 잤는지 아무도 눈치채지 않게 들어온 대로 그 방에서 나와 아무 일도 없었다는 듯이 다시 수도원장과 그 일행과 함께 여행을 계속했습니다.

수도원장은 두 사람의 기사와 알렉산드로를 데리고 교황을 뵙고는, 공손히 의례를 마친 후 다음과 같은 말씀을 드렸습니다.

"교황님은 최고의 분으로서, 선량하고 정직
한 생활을 하려는 사람이 자기의 소원과 다른
길을 가게 되는 일이 생긴다면 무슨 일이건 스스
로 노력하여 자기의 길을 가야 한다는 것을 잘 알고 계실 줄
믿습니다. 전부터 옳게 살아가기를 바라고 있는 저는 그것
을 실현하기 위해서 보시는 바와 같은 모습으로 변장하여,
아버님이신 영국 왕의 많은 재산을 갖고 고국을 떠난 것입
니다. 아버님은 보시다시피 아직도 어린 저한테 늙은 스코
틀랜드 왕에게 출가하라는 분부를 내리셨습니다. 그래서
저는 이 문제에 대해 교황님의 교시를 받으려고 멀리 여기
까지 찾아왔습니다.

제가 온 것은 스코틀랜드 왕이 나이가 많아서 때문만이
아닙니다. 만일 제가 그런 분과 결혼하더라도 젊고 철없는
탓으로 혹시 제가 왕실의 법도를 어길 짓을 저지르지나 않
을까, 또 아버님의 왕가의 거룩한 피의 명예를 더럽히지나
않을까 하고 걱정이 되어서입니다.

이런 저런 생각중에 모든 사람들에게 알맞은 것을 오로
지 혼자서 잘 알고 계시는 하느님께서는 저에게 자비를 베
푸시어 장래 남편이 될 사람을 바로 제 눈앞에 데려다 주셨
습니다. 그 사람이 바로 이 청년입니다."

수도원장은 알렉산드로를 가리킨 다음, 다시 말을 이었

습니다.

"이 분의 가문이 비록 왕가만큼 높은 혈통은 아닙니다만 용기가 있고 예의 범절이 바르며 어느 귀부인의 남편이 되어도 결코 손색이 없는 분입니다. 그래서 저는 이 사람을 남편으로 선택했습니다. 이 사람도 그것을 바라고 있습니다. 영국의 왕이신 제 아버님이나 세상 사람들이 어떻게 생각하든 저는 결코 이 사람 이외의 다른 분과는 결혼하지 않을 작정입니다.

그런 까닭으로 제가 멀리 일부러 여기까지 찾아온 여행의 가장 큰 목적은 이루어진 것이라고 말할 수 있습니다 그래도 제가 기꺼이 여행을 계속한 까닭은 이 도시 근처에 있는 성지를 순례하고, 많은 성직자들과 교황님도 직접 만나뵙고 싶었기 때문입니다. 그리고 또 하느님 앞에서 저와 알렉산드로가 한 결혼 맹세를 교황님을 비롯하여 다른 분들 앞에서 당당히 발표하고 싶었기 때문입니다.

그러므로 하느님의 뜻이며 동시에 저의 기쁨인 이 혼인을 교황님께서도 흔쾌히 허락해 주실 것을 진심으로 바라며, 그것으로 우리 두 사람이 다 함께 하느님과 교황님의 은혜로 평생을 복되게 보낼 수 있도록 교황님께서 축복을 내려 주실 것을 부탁드리겠습니다."

알렉산드로는 자기 아내될 사람이 영국의 왕녀라는 말을

듣고 놀랐지만, 마음은 이루 말할 수 없는 기쁨으로 가득찼습니다.

그런데 아찔해진 것은 수행해 온 두 기사였습니다. 만일 교황 앞이 아니었더라면 흥분한 나머지 알렉산드로에게, 아니 공주에게도 무례한 행동을 했을지 모릅니다.

한편 교황은 공주의 행색과 그녀의 결심에 무척 놀랐지만 이미 되돌릴 수도 없는 일이라 그녀가 바라는 대로 해주자고 생각했습니다.

그래서 먼저 두 기사의 흥분을 가라앉혀야 되겠다고 생각하고 우선 그들을 달래어 공주와 화해시킨 다음, 앞으로 해야 할 일을 명령했습니다.

교황은 날을 택해 성대한 파티를 열고는, 모든 추기경과 귀족들을 초대한 자리에서 왕녀를 소개했습니다. 참석한 사람들은 모두 공주의 아름다움에 그저 눈이 동그래질 뿐이었습니다. 그리고 역시 품위있게 정장한 알렉산드로는 누가 보아도 그 풍채며 태도가 고리대금업을 하던 사람이라고는 도저히 생각할 수 없는 귀공자로 보였습니다. 마치 어느나라 왕자이기나 한 것처럼 보였던 것입니다. 그래서 두 사람을 수행한 기사들조차 크게 경의를 표하지 않을 수 없었습니다.

잠시 후 그들의 결혼식은 엄숙하게 거행되었고, 교황은

많은 축복을 내려 주었습니다.

알렉산드로와 공주는 매우 기뻐하면서 로마를 떠나 피렌체로 향하게 되었는데, 피렌체에서는 이미 두 사람의 결혼 소식으로 들끓고 있었습니다. 이리하여 그들은 시민들에게 대단한 환영을 받았습니다.

공주는 세 분의 시삼촌들을 감옥에서 빼내주고 또한 그들의 빚을 갚아 주고는 저마다 소유지로 돌려보냈습니다.

이렇게 해서 많은 사람들에게 찬사를 받은 알렉산드로와 공주는 백부 아골란테를 모시고 피렌체를 떠나 영국으로 향했습니다.

왕궁에 도착하니 국왕은 경의로써 두 사람을 맞이했습니다. 공주를 수행했던 두 기사가 먼저 왕에게 돌아가서 두 사람의 일을 잘 말씀드려 양해를 얻으려고 노력했으므로, 왕도 공주에 대한 불쾌감을 버리고 공주와 사위를 기쁘게 맞이했습니다. 알렉산드로는 곧 기사로 승격되어 콘월의 백작령을 얻었습니다.

알렉산드로는 원래 모든 일에 재주가 능한 사람이었으므로 왕과 왕자 사이를 화해시켜 영국에는 다시 평화가 찾아 왔습니다. 한편 아골란테는 채권을 모두 회수하여 큰 부자가 된 데다가 알렉산드로 백작으로부터 기사의 칭호를 받고 피렌체로 돌아갔습니다.

그 후 알렉산드로 백작은 아름다운 아내와 함께 행복한
생활을 보내고 있었습니다만, 어떤 사람들의 말에 의하면
타고난 예지와 용기와 장인인 국왕의 도움으로 스코틀랜드
까지 정복하여 왕위에 올랐다고 합니다.

Giovanni Boccaccio

스무 번째 이야기

상인들이 배에 물건을 가득 싣고
항구로 들어오면 일단 그 물건을 부두에 내려놓아, 그곳 영
주나 또는 세관에서 관리하는 창고로 옮기는 관습이 있었습
니다. 하긴 이 관습은 지금까지도 계속되고 있습니다.

이 때 그 화물의 주인은 물품 명세서와 가격을 창고 관리
인에게 제출해야 합니다. 그러면 관리인은 창고를 지정해
주고 창고 열쇠를 내줍니다.

그리고 세관 관리들과 세무사들은 상인이 제출한 명세서
를 보고 상인이 물건을 내갈 적마다 거기에 따르는 세금을
징수 받습니다.

또한 상품 중매인들은 이 장부를 보고 보관된 물건의 숫자와 가격, 그리고 주인을 알 수 있으며 그것을 근거로 하여 교환 또는 판매의 교섭이 시작되었습니다.

어느 곳이나 마찬가지였겠지만 시칠리아의 팔레르모에도 이런 관습이 지켜지고 있었습니다.

항구 도시에는 예나 지금이나 대개 그렇습니다만 이곳에도 용모는 아주 아름답고 정숙해 보이는 여자들이 수두룩했습니다. 아마 그녀들을 처음 만나는 사람들은 집안이 좋고 얌전한 여자들이라고 생각할 것입니다.

그러나 알고 보면 그 여자들은 남자의 가죽을 벗기고 수염을 뽑을 뿐 아니라 그 살점까지도 도려낼 궁리만을 하는 여자들입니다. 아주 못된 여자들이지요.

그래서 그녀들은 다른 나라나 지방에서 배가 들어오면 즉시 세관장부를 보고 그 상인들이 싣고 온 물품의 양과 그 금액 정도를 조사하여 꽤 값어치가 나가면 그녀들은 삽시간에 몰려와 갖은 애교를 부리며 달콤한 사랑의 속삭임을 늘어놓아 그들을 유혹하여 마침내는 함정에 빠뜨리고 마는 것입니다.

그래서 그동안 많은 상인들이 가져온 물품을 일부 또는 전부를 빼앗겼던 것입니다. 또 어떤 이는 싣고 온 물건은 물론, 배 그리고 살과 뼈까지도 송두리째 빼앗긴 경우도 있습니다. 이같이 그녀들은 홀딱 벗겨가는데는 아주 명수였던 것입니다.

피렌체의 어느 젊은이가 주인의 명령을 받고 모직물을 싣고 이곳 팔레르모에 도착하였습니다. 그는 입항 즉시 명세서를 세관 관리에게 제출한 다음 모직물을 창고에 넣었습니다.

값어치는 대략 오백 피오리노쯤 되었지만 서둘러 처분할 필요는 없었기 때문에 시내 구경을 나갔습니다.

이 청년의 이름은 니콜로였는데, 얼굴이 희고 금발이었으며 인물이 수려했으며 몸집도 아주 훌륭했습니다.

그런데 이 고장 화류계의 여왕 중의 하나인 양코피오레라는 여인이 그에 대한 조사를 마치고는 추파를 보내기 시작했습니다. 또한 니콜로도 그 여자의 눈치를 알아채게 되었습니다. 그 여인은 귀족 출신으로서 자기에게 아주 많은 관심을 갖고 있다고 판단했으므로 그녀와 기회만 주어진다면 멋진 연애를 해보리라 마음먹고 있었습니다. 그래서 그는 우연을 가장하며 그녀의 집 앞을 배회하였습니다.

그녀가 이를 모를 리 없습니다만 처음 며칠 동안은 모른 체하여 그의 마음을 어느 정도 달구어 놓은 다음 자기도 그를 몹시 원하는 체했던 것입니다.

그 다음 뚜쟁이 기술에 능한 하녀를 그에게 보냈습니다.

그에게 찾아간 하녀는 엉뚱한 이야기를 늘어놓은 다음, 글썽거리는 눈망울로 자기 주인 아씨가 당신의 고상하고 우아한 용모에 반해 밤낮으로 안절부절하고 있으니 도와달라고 말했습니다. 그리고 이야기를 덧붙였습니다.

"언제라도 좋으니 편하신 날을 잡아 온천에서 저희 아씨와 만나주신다면 영광으로 여기실 겁니다."

그리고 그녀는 반지 하나를 꺼내더니 아씨의 선물이라며 건네주었습니다.

이 말을 들은 니콜로는 자기야말로 이 세상에서 가장 행복한 남자라고 생각했습니다. 감격한 그는 반지에 입을 맞추고 손가락에 끼면서 이렇게 대답했습니다.

"그 분께서 날 사랑한다면 난 그녀보다 천 배나 더 사랑한다고 전해 주오. 난 그녀를 내 생명보다도 더 사랑하오!"

그리고 그녀가 말하는 곳이라면 언제 어디라도 갈 용의가 있노라고 말했습니다.

뚜쟁이 하녀는 즉시 집으로 달려가 이 사실을 고했습니다. 그리고 하녀는 다시 니콜로에게 달려가, 다음날 저녁 기도시간 후에 집근처 온천 여관에서 기다려 달라고 하였습니다.

순진한 니콜로는 그 약속시간에 맞추어 그곳으로 갔습니

다. 거기서 잠시 있자니, 두 하녀가 나타났습니다. 그 중 한 처녀는 이불을 머리에 이고 들어왔고 한 처녀는 과일과 먹을 음식을 광주리에 들고 왔습니다.

그녀들은 침대에 가지고 온 두 벌의 시트를 깔고 그 위에는 아름답게 수놓은 눈처럼 흰 키프로스 이불을 올려놓고 예쁘게 장식된 베개 두 개를 머리맡에 놓았습니다. 그리고 홀러덩 옷을 벗더니 욕탕으로 들어가 윤이 날 정도로 몸을 씻는 것이었습니다.

그래서 그는 물끄러미 그 모습을 바라보고 있자니까 잠시 후 양코피오레가 또 다른 두 하녀를 거느리고 나타났습니다. 그리고 그녀는 부리나케 그 앞으로 달려와 포옹을 한다음 몇 번이나 입을 맞춘 다음 깊은 한숨을 쉬며 이렇게 말하는 것이었습니다.

"아, 내 사랑이시여! 당신은 내 가슴에 불을 질렀습니다. 그래서 달려왔습니다. 아, 내 사랑!"

그들은 곧 옷을 벗고 두 하녀들이 먼저 들어간 욕탕으로 들어갔습니다. 그녀들은 서로에게 비누칠을 해주며 몸을 씻어주었지만 니콜로에게 만은 얼씬도 못하게 했습니다.

"감히, 누구 건데! 안 되지, 안 돼!"

그리고 사향과 정향 냄새가 풍기는 비누로 그녀가 직접 씻어 주었습니다. 이같이 그녀는 놀라운 솜씨로 남자의 몸을 깨끗이 씻어준 다음, 하녀들에게 시켜 자기 몸을 깨끗이 닦도록 하였습니다.

목욕이 끝나자 시종들은 각각 눈같이 흰 타월을 들고 대령했습니다. 그리고 이 타월의 장미꽃 향기로 온 방안을 가득 채웠던 것입니다.

그리고 그녀들은 니콜로와 양코피오레를 타월로 둘러싸고 이미 준비되었던 침대에 안아 옮겼습니다. 그래서 두 남녀는 체면이고 뭐고 따질 것 없이 그대로 그곳에서 땀을 냈습니다. 그러자 두 시녀들은 곧 새 시트 커버를 가져와 젖은 것과 바꾸었습니다. 두 남녀는 벌거벗은 채 그대로 누워 있었습니다.

그러자 하녀들이 예쁜 향수병 몇 개를 꺼냈는데, 그 중 어떤 것은 장미수가 들어 있었고 어떤 것은 오렌지 향, 또 어떤 것은 쟈스민과 레몬 향수가 가득 차 있었습니다.

그녀들은 이 향수들을 누워있는 두 남녀의 몸에 뿌리더니 곧 과자상자와 고급 술병을 가져왔습니다.

두 남녀는 이것들을 마시며 잠시동안 피로를 풀었습니다.

"아, 세상 살맛 난다!"

니콜로는 마치 천국에 온 것처럼 황홀했습니다. 게다가 그녀를 보면 볼수록 아름답게 느껴졌습니다. 그래서 그 하녀들이 빨리 사라져주기만을 기다렸습니다.

이 눈치를 알아챘는지 하녀들이 방에 불을 켜놓은 채 밖으로 나갔습니다. 그래서 그는 맘껏 아주 격렬하게 오랫동안 환희의 세계에 잠길 수 있었습니다. 그리고 그는 그녀와의 뜨거운 사랑을 느꼈습니다.

이윽고 양코피올레는 집으로 돌아갈 시간이 되었다고 하면서 하녀들을 불러들였습니다. 그리고 그들은 하녀들의 도움을 받아 옷을 입고 과자와 포도주로써 기운을 다시 차렸습니다. 그리고 여자는 향수로 손과 얼굴을 씻고 이렇게 말하는 것이었습니다.

"사랑하는 임이시여! 제 집에 가서 저녁을 함께 하시고 오늘 밤을 저와 함께 해 주세요. 그래주시는 거죠?"

그렇지 않아도 아쉬움이 남던 그였습니다. 게다가 그녀도 자기를 좋아하는데 어찌 거절할 수가 있겠습니까. 그래서 이렇게 대답했습니다.

"그대의 희망이 그러하다면 내 어찌 마다하겠소. 오늘뿐만이 아니라 언제라도 좋소."

여자는 집으로 돌아가 값비싼 옷과 장식품 따위로 자기 방을 장식한 다음, 아주 훌륭한 저녁을 만들어 놓고 니콜로가 오기만을 기다렸습니다.

마침내 니콜로가 당당한 모습으로 오자 그녀는 그를 정중하게 맞이하여 함께 저녁을 먹었습니다.

식사를 마치고 그녀와 함께 침실로 드니 방안이 온통 향기로 가득찼으며 침구는 키프로스의 노래하는 새들로 수놓아져 있었고 옷걸이에는 고급품의 옷들이 줄줄이 걸려 있었습니다. 그래서 그는 그녀가 틀림없이 귀족의 딸일 거라고 생각했습니다.

사실 그녀에 대한 좋지 않은 평판이 있었지만 그에겐 그런 말이 전혀 들리지 않았습니다. 설령 이 여자가 남자들에게 속인 일이 있다 하더라도 그것은 남자들의 치근거림을 따돌린 정도의 일이라고 생각했습니다.

그래서 그는 밤새도록 젊음과 향락과 천국의 기쁨을 마음껏 누렸습니다. 그리고 그의 열정은 점점 더 강하게 불꽃을 뿜었습니다.

다음날 아침, 그녀는 니콜로에게 은대를 둘러주면서 이렇게 말했습니다.

"내 사랑이시여! 언제까지나 저를 사랑해 주세요. 저는 이제 몸과 마음을 당신께 바쳤나이다. 제가 가지고 있는 것은 전부 당신의 것입니다. 뭐든지 말씀만 하시면 무엇이라도 드릴 것입니다."

니콜로는 너무나 기뻐 얼싸안으며 입을 맞추었습니다. 그리고 그는 그녀와 작별인사를 하고 상인들이 있는 곳으로 갔습니다.

그 후에도 그는 뻔질나게 그녀의 집을 드나들며 점점 깊은 사랑에 빠져들었습니다.

그리고 그는 물건을 팔아 아주 짭짤한 장사를 하여 많은 이득을 남겼습니다. 그러자 양코피오레가 즉시 이를 알아챘습니다.

그녀는 그가 방문하자 그 어느 때보다도 더욱 미칠 듯이 포옹하며 그의 품에 안겨 곧 죽기라도 할 것처럼 파고드는 것이었습니다. 그리고 세공이 아주 잘된 값비싼 은 술잔 두 개를 주려고 하였습니다. 그러나 그는 차마 그것을 받을 수가 없었습니다.

따져보니 자기가 이제까지 받은 선물이 약 삼십 피오리노 정도는 되는데 자기는 그녀에게 아무것도 해준 것이 없었기 때문이었습니다.

그렇게 그녀가 호의를 베풀고 있을 때에 하녀가 그녀를 잠시 불러내는 것이었습니다.

잠시 후 그녀가 들어오는데 보니까, 그녀의 눈에서는 눈물이 쏟아졌으며 침대로 가서는 대성통곡을 하는 것이었습니다. 그래서 니콜로는 그녀의 눈물을 닦아주며 여자를 안아 일으켰습니다. 그리고 자기도 따라 울며 물었습니다.

"아니, 갑자기 왜 그러시오? 무엇이 당신을 이렇게 슬프게 한단 말이오? 자, 어서 말해 주시오."

그러자 여자는 흐느껴 울 뿐 한참동안이나 남자의 마음을 애타게 하더니 겨우 마지못해 하는 듯이 이렇게 말했습니다.

"이 일을 어찌해야 좋을지 모르겠군요. 오빠한테서 전보가 왔는데 어떤 물건을 팔거나 저당을 잡혀서라도 일주일 안에 천 피오리노를 보내라는 거예요. 그렇지 않으면 목숨이 위태롭대요.

그러나 저는 그렇게 짧은 시간에 그 많은 돈을 구할 방법이 없다구요. 두 주일만 여유가 있어도 마련할 수는 있겠지만요. 빌려간 돈을 받아도 되고 아니면 땅을 조금만 팔아도 되지요. 하지만 일주일 안으로는 그렇게 할 수가 없다구요! 이 소식을 듣기 전에 내가 죽어야 했을 것을!…"

그녀는 몹시 슬픈 듯 잠시도 울음을 그치지 않았습니다. 그러자 연정 때문에 이성을 잃은 니콜로는 그녀의 등을 다독이며 이렇게 말했습니다.

"세상에 안 되는 일이 어디 있겠소. 나에게 천 피오리노는 다 되지 않지만 오백 피오리노는 있으니 그걸 우선 쓰도록 하오. 그리고 그건 두 주일 안에 갚으면 되오. 마침 내 물건이 팔렸기에 망정이지 그렇지 않았더라면 도와줄 수가 없었을 거요."

그러자 그녀는 고개를 좌우로 흔들며 눈물고인 눈으로

말했습니다.

"아, 어쩜 이처럼 고마울
데가 있겠어요. 그럼 지금까지
돈이 없어 불편하셨겠네요. 그렇다
면 왜 진작 저에게 말씀하시지 않았어요?
제 수중에 많은 돈은 없지만 이백 피오리노 쯤은 빌려드릴
수 있었을텐데…. 그러면서도 제게 아무런 말씀도 하지 않
으셨는데 제가 어찌 그 돈을 받겠어요!"

"아니오, 그럴 필요는 없소! 내가 만일 지금의 당신처럼
돈이 필요했다면 난 조금도 주저하지 않고 부탁했을 거요."

그러자 그녀는 아주 감탄하는 듯 말했습니다.

"아, 나의 니콜로 님이시여! 이제야말로 당신의 진정한
사랑을 확인했어요. 당신이야말로 세상에서 저를 제일 사
랑해 주시는 분이에요. 저의 곤경을 아시고 그처럼 많은 돈
을 빌려주시겠다니 저는 오직 감탄스러울 뿐이에요.

전 지금도 그렇지만 앞으로도 절대 당신만을 사랑하겠어
요. 그리고 제 오라버니의 은인으로서 영원히 잊지 않겠어요!

장사하는 당신은 돈이 언제 필요할지 모르는데 그것을
어찌 제가 받아야 할지 모르겠군요. 좋아요, 곧 돌려드린다
는 조건으로 그 돈을 받지요. 하지만 곧 갚지 못한다면 제
소유의 모든 것을 드리기로 하겠어요."

이같이 감격해 하며 여전히 눈물을 흘리면서 그의 가슴에 파묻히는 것이었습니다. 그래서 그는 그녀에게 여러 가지 위로의 말을 하면서 불을 끄고 아주 유쾌한 밤을 보냈습니다.

그리고 다음날 아침, 그는 자기의 남자다움을 보여주기 위해 그녀가 말하기도 전에 금화 오백 피오리노를 주었습니다. 그러자 그녀는 잠시 멈칫하는 시늉을 하면서 눈물과 함께 받았습니다.

그래서 그는 아무 영수증도 받지 않고 그 돈을 건네주었습니다.

그런데 그 돈을 받은 날 저녁부터 그녀의 태도가 아주 달라졌습니다. 이제까지 거침없이 드나들던 그 집에 이젠 출입조차도 어렵게 된 것이었습니다. 일곱 번 찾아가 한 번 만나면 아주 다행스런 일이었습니다. 그러나 안으로 들어가도 그녀의 포옹이나 안내를 찾아볼 수가 없었으며, 다만 냉기만이 감돌뿐이었습니다.

어느덧 그녀가 약속했던 두 주일이 지나도 그녀는 막연하게 대답할 뿐 도대체 돈을 돌려주려는 기색이 안보였습니다. 그제서야 그 여자의 간계를 알아챈 그는 자기의 어리석음을 통탄했습니다.

그러나 그 여자에게 돈을 빌려줬다는 아무 증서도 없고

증인도 없었으므로 스스로 갚지 않는 한, 강제로 요구할 방법이 없었습니다. 그렇다고 누구에게 하소연해 봤자 창피만 당할 뿐이었습니다. 그래서 그는 벙어리 냉가슴 앓듯 혼자서 끙끙 앓는 수밖에 없었습니다.

그러는 동안 주인으로부터는 수표로 바꾸어 빨리 송금하라는 연락이 왔습니다. 이대로 있다간 무슨 망신을 당할지 몰라 그는 그곳을 빠져나와 어디론가 떠나야만 했습니다. 그래서 그는 그의 주인이 있는 피사로 가지 않고 배를 몰아 나폴리로 도망쳤습니다.

그곳 나폴리에는 피렌체 사람인 피에트로가 재정관으로 있었는데 그는 학식이 높고 현명하고 지혜로운 사람으로, 그와는 가까운 친척이었습니다. 이 사람이야말로 자기의 사정을 고백할 수 있는 유일한 사람이라고 판단되었습니다.

그래서 그에게 찾아가 자기의 실수와 불행을 모두 고백했습니다. 그리고 다시는 그곳에 가고 싶지 않으니 이곳에서 살 수 있도록 해 달라고 요청했습니다.

그러자 그는 매우 난감한 표정을 지으며 이렇게 말했습니다.

"어허, 그거 참! 자네답지 않은 실수를 했군. 자네 주인한테도 좋지 않은 일을 했을 뿐더러 계집질에 너무 많은 돈을 썼어! 하지만 어쩌겠나, 다 지난 일인걸. 아무튼 방법을 모색해 보세."

원래 기지가 있는 그는 즉시 방법을 하나 만들어 주었습니다. 그래서 니콜로는 아주 좋은 생각이라며 기쁨에 들떠 곧 실천에 옮기기로 하였습니다.

우선 조금 남아있는 돈과 그에게 빌린 돈으로 많은 짐짝을 사서 밧줄로 튼튼히 잡아맸습니다. 또한 스무 개 정도의 기름통을 사서 그 속에 무엇인가 가득 채운 다음 그것들을 싣고 팔레르모로 돌아갔습니다.

그 해안 세관에서 그는 싣고 온 짐의 명세서와 가격을 세관 관리에게 제출하고 신용장도 받았습니다. 그리고 창고에 보관했는데, 소문을 퍼뜨려 다음 도착할 물건이 올 때까지는 이것을 처분하지 않겠다고 하였습니다.

그 교활한 여자 양코피오레에게도 이 소문이 금세 들어갔습니다. 그러자 그녀는 몹시 배가 아팠습니다. 지금 당장에 도착한 것만 해도 이천 피오리노는 되며 다음 도착분은 삼천 피오리노나 된다는 것이었습니다. 그래서 그녀는 빨리 그 오백 피오리노를 돌려주고 오천 피오리노를 손에 넣어야겠다고 생각했습니다.

그래서 그녀는 사람을 보내 넌즈시 추파를 던졌습니다. 그러자 그는 전의 일을 까맣게 잊은 듯, 아니 전혀 없었던 일처럼 태연히 그녀의 집으로 갔습니다 그러자 그녀도 그가 엄청난 양의 물건을 싣고 왔다는 것에 대해 모르는 척하며 만면에 웃음을 띠며 반가운 체 맞이했습니다.

"참! 먼저 제가 돈을 갚아드리지 못해 화가 나셨었지요?"

이 말에 그는 전혀 대수롭지 않다는 듯이 호탕하게 껄껄 웃었습니다.

"그럼요. 화가 많이 났었지요. 난 당신을 위해 내 심장까지도 내주려고 했었으니까 말이오. 그래서 난 고향으로 가서 내 재산 대부분을 정리하여 물건을 사가지고 왔소.

우선 이천 정도만 가지고 왔고 좀 있으면 나머지 삼천도 도착될 거요. 사실 난 당신 곁에서 당신의 사랑을 받으며 이곳에서 영원히 당신과 살고 싶은 거요. 나에게 그보다 더한 행복은 이 세상에 존재하지 않소."

이 말을 듣고 여자는 다소 긴장을 풀며 대답했습니다.

"니콜로 님이시여! 당신이 하시는 일이라면 전 무엇이든 지 좋습니다. 저는 제 생명보다도 당신을 더 사랑하니까요. 더욱이 여기서 영주하시겠다니 얼마나 기쁜지 모르겠어요. 잠시동안이었지만 그 때 우리가 얼마나 행복했었나요.

그런데 당신께 사과드릴 일이 있어요. 여길 떠나시기 전 에 제게 찾아오신 당신을 뵙지 못해서 당신을 기쁘게 해드 리지 못해 대단히 죄송하게 생각했답니다. 더군다나 빌린 돈도 약속된 날에 돌려드리지 못했구요. 그 때 사실 저는 대단한 걱정과 실망에 싸여 있었거든요. 사람이 그렇게 절 박한 상황에서는 사랑하는 사람 앞에서도 유쾌해질 수 없는 모양이에요.

게다가 여자의 몸으로 천 피오리노를 급히 마련한다는 것이 쉬운 일은 아니었거든요. 세상 사람들이 약속을 안 지 키고 거짓말을 하기 때문에 저도 본의 아니게 약속을 어기 게 됐지요.

그러나 당신이 떠나신 후에 다행히 그 돈을 마련했지만 어디 계신지 알 수가 없어 보내드리지도 못했지요. 그래서 지금까지 기다리며 보관하고 있었답니다."

앙큼한 여자는 이렇게 말하면서 하녀에게 돈주머니를 가 져오게 하여 빌린 돈을 건네주었습니다.

"자, 제가 빌렸던 오백 피오리노가 맞는지 한번 세어 보세요."

니콜로는 평생을 통해 이렇게 기쁘고 유쾌해본 적이 없었습니다. 그러나 채신머리없이 웃을 수도 없어 뱃속으로 웃으며 돈을 세어보니 틀림없는 오백 피오리노였습니다. 그는 돈을 챙기며 이렇게 말했습니다.

"난 진작부터 당신의 사랑을 확신할 수 있었습니다. 당신과 나의 사랑을 위해서 내가 할 수 있는 것이라면 난 그 어떤 것이라도 할 작정입니다. 내가 조금만 안정되면 나의 이 말을 실제로 증명해 보일 겁니다."

이렇게 사랑의 말을 주고받다 보니 옛날의, 아니 그래봐야 얼마 되지 않았지만 그때의 뜨거웠던 사랑이 다시 용솟음치는 것 같았습니다.

그녀도 또한 전처럼 교태를 부리며 정성을 다해 그에게 애정의 표현을 했습니다. 그러나 말할 것도 없이 니콜로는 그녀의 배신에 대한 복수의 칼을 갈고 있었던 것이지요.

그리하여 그는 그녀와 함께 밤을 보내기로 약속한 어느날, 그녀 앞에 몹시 우울하고 참혹한 얼굴로 나타났던 것입니다.

그러자 그녀는 그의 목에 매달려 입을 맞추면서 왜 그렇게 슬픈얼굴을 하고 있느냐며 마치 자기가 해결이라도 해

줄 것처럼 반갑게 맞이해 주었습니다. 그래서 그는 그녀의 꼬락서니를 살피며 이렇게 말했습니다.

"아, 난 이제 다 틀렸소! 기다리던 그 배가 모나코 해적들에게 당하고 말았소! 그들은 풀어주는 조건으로 천 피오리노를 요구하고 있는데, 지금 내겐 한 푼도 남아있지 않소. 일전에 당신이 내게 주었던 오백 피오리노도 나폴리에 송금했으니 말이오.

그렇다고 여기있는 물건을 급히 팔자니 지금은 시기가 나빠 절반가격도 받기 어렵다오. 그런데 더욱 나쁜 것은 여기엔 내가 잘 아는 친지나 친구가 없다는 사실이오. 정말 일이 난처하게 됐소!

지금 곧 그 돈을 보내지 않으면 그들은 내 배를 그들의 본거지인 모나코를 끌고 갈 것이며 그렇게 되는 날이면 영영 다시 찾기는 틀린 거지요. 난 거지가 되는 거라구요! 아…"

그녀는 이 말을 듣고 아주 난감해 했습니다. 지금 자기가 노리는 것은 바로 그 배에 실려있는 물건이기 때문이었습니다. 그래서 그녀는 그 물건을 되찾아 주기 위해서 이렇게 말했습니다.

"정말 큰일이군요! 그렇다고 울고만 있으면 어떡해요. 제가 좀 도와드리고 싶지만 마침 제겐 돈이 없군요. 일전에

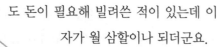

도 돈이 필요해 빌려쓴 적이 있는데 이
자가 월 삼할이나 되더군요.

하긴 이자가 대수겠어요?
필요하다면 제가 주선해 보
지요. 그리고 제 물건들을
담보로 하겠지만 부족한 것
은 당신께서 맡아 주셨으면 좋겠는데 적당한 물건이라도 있
나요?"

그는 이미 그녀의 얄팍한 장막 뒤에 숨겨진 계략을 훤히
알 수 있었으므로 회심의 미소를 지었으며 결국 그 돈은 그
녀가 가지고 있다는 것을 잘 알고 있었습니다. 하지만 그건
그가 진작부터 바라던 바였습니다.

그래서 그는 아주 고맙다는 표정을 지으며 이렇게 말했
습니다.

"아무리 이자가 높다 해도 난 지금 그런 조건들에 불만을
표시할 만큼 여유롭지 못하다오. 난 세관 창고에 있는 내
물건을 전부 담보로 제공하리다. 하지만 열쇠는 내가 갖고
있겠소.

왜냐하면 사겠다는 사람들에게 보여 주어야 하고 또 사
지도 않을 사람들이 물건을 마구 흩트려 놓으면 안되기 때
문이오."

"그야 그렇지요. 그럼 제가 추진해 보기로 하지요. 그리고 담보는 그것으로 충분할 겁니다."

그래서 그들은 그 건에 대해 이야기를 마치기로 하고 본래부터 계획되었던 밤으로의 여행을 출발했던 것입니다.

서로 상대에게 자신의 음흉한 계획을 숨기려는 듯이 가식적인 사랑의 불꽃놀이에 열중했으며 그녀는 크게 한 건 했다는 마음으로 그에게 최대한의 마지막 서비스를 했던 것입니다.

다음날 느지감치 일어난 그에게 그녀는 언제 불렀는지 중매인을 데려와 그에게 금화 천 피오리노를 건네주었습니

다. 그리고 그 중매인은 그와 함께 세관으로 가서 그 물품에 대한 공증을 섰습니다. 그리고 그들은 상호 협의한 대로 증서에 서명한 다음 각기 헤어졌던 것입니다.

그 일이 끝나자 그는 재빨리 자기 배를 몰아 금화 천 피오리노를 챙겨 나폴리의 피에트로에게 도망쳤던 것입니다. 그는 거기서 빌렸던 돈들을 모두 청산한 다음 남은 돈으로 오랫동안 피에트로와 함께 재미를 보고 다녔던 것입니다.

한편, 그가 자취를 감추자 그녀는 불길한 예감이 들기 시작했습니다. 그녀는 그를 두 달 이상 기다렸지만 끝내 나타나지 않는 것이었습니다. 그래서 그녀는 증서에 기재된 중매인의 권한으로 사람을 시켜 문을 부수고 들어가 보았습니다.

쌓여있는 물건을 조사해 보니 기름이라고 기재된 통에는 바닷물만 가득 차 있을 뿐이었습니다. 그리고 짐짝에는 두 개의 박스에만 모직이 들어있을 뿐 나머지에는 모두 쓰레기만 가득 차 있었던 것입니다.

"아이구, 난 망했다!"

그 물건들을 모두 팔아봐야 돈이 되지 않을 것들이었습니다.

그녀는 완전히 속았다는 것을 알고는 분을 참지 못했습니다. 그러나 방법이 없었습니다. 오백, 그리고 천 피오리노를 생각하니 열이 뻗쳤습니다. 게다가 죽고 못 살 연인이

라도 되는 것처럼 아양을 떨어대며 온갖 교태를 부렸던 것
을 생각하니 부끄러운 생각까지 들었던 것입니다.

　그래서 그녀는 누구와라도 이야기를 하다가 기회가 되면
이렇게 중얼거렸습니다.

　"피렌체 놈들과는 거래할 것이 못돼요. 그들은 돈과 몸
그리고 영혼까지도 빼앗아가니까요."

　그 후로 그녀는 그 생활을 계속하면서도 피렌체 사람이
라고 하면 도망치기에 바빴답니다.

Giovanni Boccaccio

스물 한 번째 **이야기**

오래 묵은 이야기를 하나 하겠습니다. 옛날 브레시아 내그로라는 아주 인자한 귀족이 자녀를 여러 명 낳아 기르며 아주 유복하게 살고 있었습니다.

그에게는 젊고 생기발랄한 안드레우올라라는 예쁜 딸이 있었는데, 꽃에는 벌 나비가 꼬이게 마련이듯 천성이 착하고 명랑하여 그녀를 보고서 엉큼한 생각을 갖거나 군침을 흘리지 않는 남자는 없었습니다. 물론 성자들이야 그러지 않겠지만 불행하게도 그 동네엔 성자가 없었나 봅니다.

그런데 참으로 기묘한 것이 사랑이라더니 그녀는 모든 남성들의 프로포즈를 사양하고는 가난하고 천한 가정에서 태어난 청년인 가브리토를 사랑하였던 것입니다.

하지만 그의 인품은 훌륭했으며 얼굴 생김은 귀티가 났습니다. 그래서 그녀가 좋아했나 봅니다.

그런데 참 이거 큰일났습니다!

그녀의 가슴 전부를 그 청년이 차지하고 만 것입니다. 그래서 그녀는 고심 끝에 하녀에게 부탁하여 대담하게도 가브리토를 자기 집으로 끌어들이기에 이른 것이지요.

이렇게 빨리 진행되어 가다가는 꼭 탈이 생기는 법이지요.

가브리토를 불러들인 그녀는 자기의 사랑을 증명이라도 하려는 듯이 옷을 훌렁 벗고 그에게 안겼습니다.

아마 모르긴 해도 이 때부터 세상 말세라는 말이 생겼는지도 모릅니다. 세상에 그거 싫어할 남자 있습니까?

이렇게 그들의 사랑은 시작되어 마침내는 죽음말고는 그들을 갈라놓을 수가 없게 되었습니다.

불붙기 시작한 그들의 만남은 횟수를 거듭하면서 더욱 뜨거워져 잠시라도 만나지 않으면 견딜 수가 없게 되었습니다.

그 무렵 어느 날, 안드레우올라가 무섭고 괴이한 꿈을 꾸었습니다.

여느 때와 마찬가지로 가브리토를 만나 황홀한 기분으로 그의 품에 안겼을 때입니다. 갑자기 어디선가 검고 흉측하게 생긴 괴물이 나타나더니 그들을 따로 떼어놓는 것이었습니다.

그게 어떤 형체를 하고 있었는지는 기억이 나지 않았으며 그 힘은 참으로 엄청나 아마 삼손이라도 어쩔 수 없었을 겁니다.

그들은 두려워 비명도 지르지 못하는 순간에 청년을 땅속에 묻어버리는 것이었습니다. 그리고 그 괴물은 어느새 자취를 감추어 찾을 수가 없었습니다.

그녀는 너무나 무서워 나오지도 않는 비명을 지르다가 잠에서 깨어났던 거지요. 엉겁결에 눈을 떠보니 악몽이었다는 사실에 안도의 한숨을 쉬었지만 이마엔 식은 땀으로 흠뻑 젖어있었습니다.

그녀는 그 꿈이 어떤 징조를 뜻하는 것은 아닐까 하여 몹시 불안하였으므로 이튿날 가브리토가 오겠다는 것을 굳이 말렸습니다.

그런데 이 우직한 청년은 그녀의 충고에도 굴하지 않고 그녀의 정원에 또 나타난 것입니다. 마음속으로는 꺼림칙했지만 찾아온 애인이었으므로 반겨주었습니다. 만약 그가 어떤 오해라도 하면 그거야말로 큰일 아니겠습니까!

두 연인은 한창 만발한 백장미와 붉은 장미를 따서 향기를 맡으며 맑고 깨끗한 분수가에 앉아 깊은 포옹과 입맞춤으로 분위기를 잡아가던 중에 가브리토가 속삭이듯 물었습니다.

"오늘은 왜 오지 말라고 했었소?"

그러자 그녀는 간밤의 뒤숭숭했던 꿈이야기를 하면서 걱정된다고 하였습니다.

이 말을 들은 청년은 어이가 없다는 듯이 껄껄 웃으면서 꿈을 믿는 사람은 아주 어리석은 사람이라며 놀려댔습니다. 그리고 꿈이라는 것은 속이 허한 사람한테 일어나는 신기루 같은 착시 현상이며 누구나 경험하는 일이라며 이렇게 덧붙였습니다.

"만일 꿈을 해몽하여 길조냐, 흉조냐 판단하여 행동한다면 난 결코 이 자리에 오지 않았을 거요. 나는 간밤에 이런 꿈을 꾸었소.

어느 산 속에서 사냥을 하고 있었는데, 거기서 내가 지금까지 보지 못했던 아마 이 세상에서 가장 아름다운 한 마리의 암사슴을 산 채로 잡았소. 눈처럼 흰 놈이었는데 그 놈은 내 곁을 맴돌며 떠나려 하지를 않더란 말이오.

나도 어느새 그 암사슴이 좋아져 언제 그 놈이 내 곁을 떠날까 걱정이 되지 않았겠소? 그래서 난 그 놈 목에 황금 목걸이를 걸어 주고 황금 사슬로 묶어 내가 데리고 다녔지요.

그런데 말이오. 그 사슴이 내 무릎에 앉아 평화롭게 머리를 기대며 같이 낮잠을 즐기고 있던 중에 사냥개 한 마리가 나에게 덤벼드는 것이 아니겠소.

　그 사냥개를 보니까, 그
놈은 피에 굶주린 사자처럼
보였고 눈을 시뻘겋게 뜨고는 달
려들 것 같았소. 난 무서워서 꼼짝도
하지 못하고 그 자리에서 웅크리고 그 사냥개의 처분만을
기다렸다오. 그러자 그 놈은 내 왼쪽 가슴을 물어 심장이
보일 정도로 뜯어먹더니 어디론가 번개같이 사라지는 것이
었소.

　어찌나 아프고 쓰라렸던지 난 눈도 뜰 수가 없었다오. 한
참을 그렇게 있다가 눈을 살그머니 떠보니 이게 웬걸, 꿈이
아니겠소. 그래도 혹시나 싶어 가슴에 손을 대보니 멀쩡하
게 당신 생각만을 하고 있더라구요.

　그 때의 내 꼴이 얼마나 바보스러웠던지 난 미친 사람처
럼 혼자서 껄껄 웃었다오.

　대체 그 따위의 꿈이 무슨 의미가 있단 말이오. 난 그동
안 그것보다도 더 심한 꿈도 꾸었다오. 하지만 언제나처럼
아무 일도 일어나지 않았소. 그러니 그 쓸데없는 꿈을 잊
도록 합시다. 그리고 즐거운 일이나 찾아봅시다."

　하지만 안드레우올라는 자기의 꿈만이 아니라 가브리토
역시 악몽을 꾸었다는 것에 더욱 무서운 생각이 들었습니다.

필시 이건 흉조가 분명해!

그러나 그런 것 때문에 애인의 기분을 상하게 할 수가 없었으므로 그녀는 불안감을 해소한 듯이 그에게 자청하여 뜨거운 입맞춤을 해주었습니다.

하지만 그래도 그녀의 불안은 계속되었습니다. 그러나 그것이 무엇을 뜻하는지 알 수가 없었습니다. 그리고 꿈에 나타났던 괴물이 언제 어떻게 나타날지 몰라 정원 여기저기를 둘러보았습니다.

하지만 그녀는 그가 이끄는 대로 몸을 맡겼으며 여러 번의 포옹과 키스, 그리고 어떠한 짓을 했는지는 알 수가 없으나 갑자기 가브리토가 여자를 꼭 껴안으며 넘어갈 듯한 비명을 질렀습니다.

"나, 나 좀 살려 줘! 아, 죽을 것만 같소. 아, 제발…"

그녀는 어떻게 손을 써볼 수도 없이 당황하여 그를 흔들었습니다.

"아니, 왜? 왜 그래요? 어디가 아파요?…"

그녀는 청년을 일으키면서 울음 섞인 목소리로 불렀지만 그는 더 이상 아무 대답을 못했습니다.

그는 무엇인가를 잡으려는 듯이 허공을 휘젓더니 마침내 심장의 고동이 멈추었고 등엔 식은땀이 괴어 있었습니다.

자기 생명보다도 더 소중히 여겼던 애인을 잃은 안드레

우올라는 넋이 나간 사람처럼 고개를 떨구고는 오랫동안 흐느껴 울었습니다.

차츰 남자의 체온이 식어갔습니다. 이제 그는 완전히 죽은 것입니다.

정신을 차린 그녀는 자기들의 사랑에 대해 잘 알고 있는 하녀를 불렀습니다. 그리고 사실대로 말했습니다. 그러자 그녀도 불행을 같이 나누려는 듯이 목놓아 울었습니다.

한참 시간이 지난 다음에 안드레우올라가 말했습니다.

"나의 신께서는 나를 미워하여 내가 가장 사랑하던 사람을 빼앗아갔으니 난 더 이상 이곳에서 살고 싶은 생각이 없단다. 그러나 난 내 명예를 지켜야만 돼. 우리의 사랑을 영원히 비밀로 하고 싶어. 그리고 영혼을 잃어버린, 내가 가장 사랑했던 이 사람을 정중히 묻어드리고 싶단다."

그녀의 말뜻을 얼른 알아들은 하녀는 이렇게 말했습니다.

"안됩니다, 아가씨! 아가씨께서 죽으시면 그 분을 앞으로 영영 만나지 못하게 됩니다. 그 분은 원래 훌륭했던 분이기 때문에 틀림없이 천당에 가셨을 겁니다.

그런데 아가씨께서 스스로 목숨을 끊으신다면 아가씨는 지옥으로 가게 됩니다. 천당과 지옥은 아주 멀어서 서로 왕래할 수가 없습니다.

그보다는 기도를 하거나 남에게 자비를 많이 베풀어 그

의 명복을 빌어드리는 것이 더 나을 겁니
다. 그리고 그는 이 정원에 묻어드리는
것이 좋을 겁니다. 그러나 그것이 싫다면
밖에다 살며시 내놓는 것입니다.

그럼 아침 일찍 그곳을 지나가던 사람에게 발견될 것이
며 그러면 그 댁에서 정중히 장사지낼 것이 아니겠습니까!"

슬픔에 젖은 안드레우올라는 계속 눈물을 흘리며 이야기
를 들었으나 정원에 그를 묻는다는 것은 도저히 찬성할 수
가 없었으므로 이렇게 말했습니다.

"그건 말도 안 될 소리야. 내가 그처럼 사랑하던 분이며
내 맘속의 남편이기도 했던 그 훌륭했던 분을 어떻게 강아
지처럼 정원에 묻거나 또는 거리에 내버릴 수 있단 말이야!

또한 그분의 가족들도 정중하게 장례를 치를 수 있도록
해야하지 않겠어. 그러니까… 옳지, 좋은 생각이 있어!"

이렇게 말하고 그녀는 하녀를 시켜 장롱에 있던 비단을
가져오게 했습니다. 그리고 땅에 비단을 편 다음 그 위에
가브리토를 올려놓은 다음 머리를 베개로 받혀주고 눈과 입
을 다물게 하고 장미가지를 꺾어 머리에 꽂아주고 꽃을 온
몸에 뿌려주었습니다. 그리고 하녀에게 말했습니다.

"저 분 댁이 여기서 그리 멀지 않으니 우리 같이 들고 저
분의 현관 앞에 두고 오자구! 조금만 있으면 날이 밝을 것

이고 그렇게 되면 나머지는 저 분 댁의 가족들이 잘 처리하겠지.

그런다고 그 가족들에게 큰 위로가 되진 않겠지만 내 품에서 죽은 저 분을 생각하면 그래도 내겐 위안이 되지 않겠니?"

이렇게 말하면서 그녀는 서러움이 복받치는지 연신 눈물을 쏟았습니다.

하녀가 진정하라고 말리는 바람에 그녀는 날이 거의 밝아올 무렵에야 몸을 일으켰습니다. 그리고 가브리토가 사랑의 증표로 준 반지를 빼서 죽은 사람 손가락에 끼워주며 말했습니다.

"사랑하는 가브리토, 만일 당신의 영혼이 내 눈물을 볼 수 있고 영혼을 잃은 당신의 육체가 이 세상의 무엇을 느낄 수 있다면 살아 계셨을 때 그처럼 사랑해 주시던 나의 마지막 선물인 이 반지를 받아 주오!"

그는 또 다시 정신을 잃고 그 남자의 품에 얼굴을 묻었습니다.

잠시 후 기운을 차린 그녀는 하인과 함께 시체를 싼 비단 보자기를 들었습니다. 그리고 밖으로 살짝 빠져나와 가브리토의 집으로 서둘러 갔습니다.

하지만 얼마 가지 못하고 때마침 순찰 중이던 대원에게

들켜 꼼짝 못하고 체포되었습니다.

일이 이렇게 되자 그녀는 모든 것을 포기했는지 오히려 태연해져 이렇게 말했습니다.

"난 당신들이 어떤 사람들이라는 것을 잘 알고 있으며 내가 도망쳐 본들 아무 소용없다는 것도 잘 압니다.

재판 받는 날 나는 모든 것을 사실대로 말하려 합니다. 그러니 이유없이 나에게 손을 댄다던가 또는 이 분의 몸에서 꽃을 한 송이라도 떼어가지 마시오!"

그녀는 몹시 위엄이 있었으며 당황한 기색이 전혀 없어 보였습니다. 그래서 그들은 아무 모욕도 받지 않고 재판소까지 순순히 연행되었습니다.

보고를 받은 재판관은 즉시 그녀를 불러 신문을 시작했습니다. 또 한편으로는 의사들을 시켜 죽은 자의 사인을 규명케 했습니다.

의사들은 한결같이 독살의 흔적이 전혀 없으며 심장 근처에 생긴 종양으로 인해 죽었다고 분명하게 말했습니다.

무죄가 밝혀진 이상, 더 이상 죄를 추궁할 일이 없었는데도 재판관은 그녀를 즉시 풀어주지 않고 이 일에 직접 관련이 없는 엉뚱한 질문을 하면서 시간을 끌었습니다.

마침내 그는 본색을 드러냈습니다. 더 이상 조사하지 않을 테니 자기의 요구를 들어 달라는 것이었습니다. 그러면

그녀를 곧장 무죄로 석방시
키겠다는 거였지요.

나쁜 자식! 더러운 놈!

그러나 아무리 협박
을 하고 얼러보아도 씨
가 먹혀들지 않자 재판관은
완력으로라도 자기의 욕망을 채우리
라 마음먹었습니다.

그리고는 팔을 비틀고 단추를 풀려는 순간, 분노와 증오
심으로 가득 찬 안드레우올라는 저주의 욕설을 퍼부으면서
필사적인 힘으로 그를 물리쳤습니다.

이렇게 실랑이를 하는 사이에 또 하루가 지났습니다. 그
녀의 부친 네그로씨는 이 소식을 듣고 몹시 가슴이 아팠습
니다. 그래서 친구들과 함께 재판소로 찾아가 재판관으로
부터 사건의 경위를 듣고는 선처를 부탁했습니다.

재판관은 아무래도 결국은 그녀를 석방해야 할 것이며
그렇게 되었을 때 그녀가 자신의 성추문을 폭로한다면 명예
에 치명타를 당할 것은 뻔한 일이며 만약 상부에라도 보고
되는 날이면 자기의 앞날이 매우 어두울 것이라 판단하여
그녀의 부친께 스스로 말했습니다.

"정말 훌륭한 따님을 두셨습니다. 그녀의 정절은 아무도

꺾을 수 없을 것입니다. 저는 그녀에게 마음이 동하여 프로 포즈를 했지만 전혀 먹혀들지 않았습니다. 전 사실 그런 그녀에게 깊은 호감을 갖고 있습니다.

만약 어르신께서만 허락하신다면 천한 사나이와의 어떠한 애정행각도 잊어버릴 수 있으며 난 그녀를 아내로 맞이할 것입니다. 어르신의 배려를 기대합니다."

이렇게 그가 간청을 하고 있을 때, 마침 그녀가 나타나 아버지 앞에 엎드려 울면서 이렇게 말했습니다.

"아버지, 저의 크나큰 잘못과 슬픈 사연은 제가 말씀드리지 않아도 잘 아시고 계시리라 믿습니다.

제가 아무리 진실한 사랑을 하였다고는 하나, 아버지를 속이고 제 마음대로 남자를 선택한 것을 용서해 주세요.

이렇게 용서를 비는 것은 제가 슬픈 삶을 계속 살고 싶어서는 결코 아닙니다. 다만 아버지의 딸로서 죽고 싶기 때문입니다."

그녀는 몸을 제대로 가누지 못해 쓰러지면서도 울음은 그칠 줄 몰랐습니다.

"얘야, 내가 적합하다고 생각한 사람을 네가 사내로 맞이했다면 얼마나 좋았겠니. 하지만 비록 네 마음대로 골랐지만 너

의 선택은 틀림이 없었을 것이니 그는 아마도 훌륭한 사람이었을 것이다. 하지만 네가 나를 믿지 못해 숨겼다는 것에는 섭섭한 마음이 드는구나.

그런데 더욱 슬픈 일은 내가 알지도 못하는 사이에 그 사내가 죽었다는 것이다. 하지만 이제 다 지난 일이니 어쩌겠니. 그저 네 마음을 조금이라도 위로하고 싶구나.

자, 이제 죽은 사람에게 예를 갖추자. 내 사위로서 응분의 절차를 밟아 장례를 치러주고 싶다는 말이다."

그리고 네그로 씨는 아들과 친척들에게 연락하며 가브리토를 위한 성대한 장례식을 준비케 했습니다. 이 말을 들은 가브리토 집안 사람들도 매우 기뻐했으며 수많은 장례행렬이 이루어졌습니다.

비단 보자기에 싸고 장미꽃으로 장식된 가브리토의 시신은 넓은 광장에 안치되어 안드레우올라 뿐 아니라 온 시민들도 애도를 표했습니다.

그는 일개 천민으로서가 아니라 명예로운 귀족으로서 지위가 높은 시민들에 의해 묘지로 운반되었습니다.

끈질긴 재판관이 며칠 후에 다시 찾아와 그녀에게 구혼을 하였으나 그녀는 눈도 깜박이지 않고 쫓아냈습니다. 그리고 아버지는 결혼뿐 아니라 그녀의 모든 사생활을 그녀 자신에게 맡겼습니다.

얼마가 지난 후 그녀는 하녀와 함께 그 당시 계율이 엄격하기로 소문난 수녀원에 들어가 수녀가 되었으며 그곳에서 죽을 때까지 절개를 지키며 신앙이 깊은 참다운 길을 걸었다고 합니다.

 주여! 그의 영혼을 받아 주소서!

Giovanni Boccaccio

스물 두 번째 이야기

살레르노의 탕크레디 공은 대
단히 인간미 있고 성격이 좋은 사람이었습니다만, 후에 딸
의 애인을 자기 손으로 죽이는 일을 저질렀을 뿐 아니라 그
로 인해 딸마저 자살하도록 만들고 말았습니다.

　그에게는 딸 하나밖에 없었는데 그 딸마저 없었더라면
더 행복했을지도 모를 일이지요.

　딸 기스몬다는 어렸을 때부터 부친한테 아주 귀염을 받
고 자랐습니다. 탕크레디 공은 그토록 딸을 사랑하고 있었
으므로 딸이 혼기를 훨씬 넘긴 나이가 되었어도 자기 곁에
서 떼어놓고 싶지 않아 결혼을 시키지 않고 있었습니다.

그러나 마침내 카푸아의 공작 아들에게 시집을 보냈는데 불행하게도 결혼하자마자 그만 미망인이 되어 다시 부친 곁으로 돌아왔습니다.

기스몬다는 세상의 어떤 여자보다도 아름다웠을 뿐만 아니라 재기에 넘쳐 여자로서는 불필요하게 느껴질 만큼 두뇌가 명석했습니다. 그리고 인자한 부친과 함께 귀부인으로서 정숙하게 지내고 있었지만 부친은 그녀에 대한 강한 애정 때문에 재혼시키려는 생각도 하지 않았습니다.

그래서 그녀는 자기 입으로 직접 말하는 것은 품위가 없다고 생각해 자기 혼자 몰래 애인을 가질 방법을 강구했습니다.

그리하여 성안에 드나드는 귀족이나 평민들을 유심히 관찰한 끝에 예의 범절, 태도나 거동, 품성 등을 고루 갖춘 젊은 청년 한 명을 발견했습니다.

그의 이름은 귀스카르도라고 하는데 부친의 시중을 드는 비록 낮은 신분의 태생이었으나 아주 품위가 있고 다른 사람들보다 귀족적이었으므로 그녀의 마음에 아주 들었습니다. 그리하여 은밀히 관찰을 계속하고 있는 동안에 그에게 더욱 매혹되어 그만 열렬한 연정을 불태우게 되고 말았습니다.

한편 귀스카르도 역시 그녀의 마음을 알아채고 그녀의

마음을 받아들여 그녀를 사랑하는 일 이외에 어떤 일에도 마음을 쓰지 않게 되었습니다.

이리하여 서로 마음 속으로만 사랑하고 있었습니다만 그녀는 그것만으로는 만족할 수 없었지만 이 사랑을 남에게 알리고 싶지도 않았기 때문에 어떻게 하면 둘만 만날 수 있을까 하고 골똘히 생각했습니다.

그녀는 두 사람이 만나기 위해 그 이튿날 그가 해야 할 일을 편지로 써 그것을 갈대 줄기 속에 넣어 귀스카르도에게 주면서 농담처럼 이렇게 말했습니다.

"오늘밤 이것으로 하녀에게 풀무를 만들어 주세요. 틀림없이 불을 잘 피울 겁니다."

귀스카르도는 그것을 받아 쥐며 왜 그녀가 그런 말을 하며 이런 것을 주었는지 알지 못한 채 집으로 돌아갔습니다. 그리고 갈대에 금이 가 있어 쪼개보니 그 속에 그녀의 편지가 들어 있었습니다. 그는 그것을 읽고 하늘을 날 듯이 기뻐하며 그 속에 씌어져 있는 방법대로 그녀에게로 숨어 들어갈 공작을 착수했습니다.

성 근처에는 굴이 하나 있었습니다. 그 굴에는 산을 뚫어 만든 공기통이 있는데 그곳을 통해 광선이 들어오도록 만들어져 있었습니다. 아무튼 오랫동안 사용되지 않은 채 방치된 동굴이었으므로 가시나무나 잡초로 거의 뒤덮여 있었습니다. 또 그 동굴에는 비밀 계단이 있어 그녀가 살고 있는 저택의 일층 방으로 통해 있었습니다.

그런데 그 굴 속의 계단은 옛날부터 사용된 일이 없었으므로 모든 사람들로부터 아주 잊혀져 있었습니다. 오로지 그녀만이 그것을 기억하고 있었던 것입니다.

기스몬다는 아무에게도 들키지 않고 여러 가지 도구를 써서 며칠만에 그 문을 열 수 있었습니다. 문이 열리자 그녀는 혼자서 굴 안으로 내려가 공기 구멍을 발견하고 그곳으로 들어갈 수 있다는 것과 지하까지의 깊이를 측정해서 귀스카르도에게 편지로 알려 주었습니다.

그날 밤 귀스카르도는 곧 오르내릴 수 있도록 밧줄을 마련하고 가시나무에 대비하여 가죽옷을 입고는 아무도 몰래 그 굴로 갔습니다.

그는 그 굴 입구에 나 있는 튼튼한 나뭇가지에 밧줄을 단단히 매고 그것을 따라 굴속으로 들어가 그녀가 오기를 기다렸습니다.

한편 그녀는 잠이 와서 견디지 못하는 체하며 하녀들을 따돌려 놓고 몰래 굴속으로 내려갔습니다. 그리고 귀스카르도를 만나자 미친 듯이 기뻐하며 함께 그녀 방으로 올라가 그 다음날 아침이 될 때까지 계속 사랑의 기쁨을 만끽했습니다.

날이 밝자, 귀스카르도는 밧줄을 타고 들어왔던 그 굴로 해서 밖으로 나가 집으로 돌아갔습니다. 이처럼 그는 이 비밀의 길을 이용하여 그 후에도 자주 그녀를 만날 수 있었습니다.

그러나 운명이라는 것은 이들의 깊은 사랑을 시기하여 두 연인의 정사를 비통한 사건으로, 깊은 슬픔 속으로 빠뜨리고 말았습니다.

탕크레디 공은 이따금 딸의 방으로 찾아와서는 그녀와 이야기하는 것으로 시간을 보내곤 했었습니다.

그런데 어느 날 식사 후 아래층에 내려가니 기스몬다가 하녀들과 뜰에 나가 있었으므로 탕크레디 공은 딸이 뜰에서 놀고 있는데 방해가 되고 싶지 않아 혼자 딸의 방으로 들어갔습니다.

그는 침대 커튼이 내려져 있는 방구석의 침대 옆 의자에 앉아 머리를 침대에 기대고 커튼을 잡아당겼습니다. 그러자 알맞게 몸이 완전히 감추어지게끔 되어 누운 채 그냥 깊은 잠이 들고 말았습니다.

하지만 불행하게도 기스몬다는 그날 귀스카르도를 만나는 날이었습니다. 자기 방에서 아버지가 잠들어 있다는 사실을 까맣게 모르는 그녀는 하녀들을 뜰에 둔 채 몰래 방으로 들어왔습니다. 그리고 방에 자물쇠를 걸고 는 누군가 사람이 있다고는 생각도 못하고 지하실의 문을 열어 귀스카르도를 맞아들이고는 여느 때처럼 침대에 누워 사랑의 유희를 시작했습니다.

그런데 그 바람에 탕크레디 공이 잠에서 깨고 말았습니다. 그는 귀스카르도와 딸이 하고 있는 짓을 처음부터 끝까지 모두 보고 듣고 말았던 것입니다. 두 연인은 탕크레디 공이 있으리라고는 꿈에도 생각지 않고 여느 때와 같이 오랫동안 침대 위에 있었습니다. 이윽고 헤어질 때가 되자, 귀스카르도는 굴로 들어가고 그녀는 방에서 나갔습니다.

탕크레디 공은 가슴이 찢어지는 듯한 슬픔으로 창문에서 뜰로 뛰어내려 아무에게도 들키지 않은 채 자기 방으로 돌아갔습니다.

귀스카르도는 그날 밤, 굴에서 나오다가 탕크레디 공의 명령을 받은 두 부하에게 잡혀 그 앞으로 끌려갔습니다. 탕크레디 공은 귀스카르도를 보자 분노에 가득 찬 어조로 이렇게 말했습니다.

"귀스카르도, 나는 오랫동안 너를 친아들처럼 보살펴 주었는데 그 대가로 돌아온 것이 모욕뿐이었다. 내가 이 눈으로 오늘 모든 것을 보았다."

이에 대하여 귀스카르도는 이렇게 대답할 수밖에 없었습

니다.

"사랑은 주인 어른이나 저로서도 어쩔 수 없을 만큼 강한 것입니다."

하지만 이 말로서 그의 노여움을 가라앉힐 수는 없었습니다. 그는 귀스카르도를 감옥에 가두고 부하에게 감시하도록 명령했습니다.

이튿날 기스몬다가 아직 아무것도 눈치채지 못한 것을 알고 여러모로 궁리한 끝에 여느 때와 같이 딸의 방에 가서 그녀와 마주 앉아 이렇게 말했습니다.

"기스몬다, 나는 너의 품행의 단정함과 성실함을 누구보다도 믿고 있었다. 내 이 눈으로 확실히 보지 않는 한 네가 남편도 아닌 다른 남자에게 몸을 맡긴다는 것은 있을 수 없는 일이라고 생각하고 있었고, 그런 짓은 상상할 수도 없었다.

나는 늙어 이제 살날도 얼마 남지 않았지만 그 일을 생각할 때마다 슬픔에 잠길 것이다.

네가 그런 잘못을 저지를 수밖에 없었다면, 바라건대 귀족인 네 신분에 알맞은 상대를 골랐어야 했었다. 그런데 성 안에 드나드는 많은 사람 중에서 고르고 고른 것이 귀스카르도라니!

그 아이는 어렸을 때부터 내가 길러온 신분이 낮은 녀석이다. 참으로 너는 나를 고뇌의 밑바닥에 떨어뜨렸다. 나는 지금 너의 일을 어떻게 처리해야 할지 몹시 고민스럽다.

귀스카르도는 이미 어젯밤 굴에서 나오는 것을 붙잡아 감옥에 처넣었다. 그러나 신이라면 몰라도 나로선 너를 어떻게 해야 할지 모르겠다. 나는 너에게 이 세상 어떤 아버지들보다도 깊은 애정을 항상 간직하여 왔다.

그런데 나는 지금 한편으로는 그 애정에 끌리고, 또 한편으로는 너의 어리석은 행동 때문에 심한 분노로 창자가 뒤집히는 것 같구나.

애정은 너를 용서하라고 말하고 있지만, 분노는 너를 엄벌에 처하라고 말하고 있다. 그러나 내가 결론을 내리기 전에 네가 이번 일을 어떻게 생각하고 있는지 우선 말해다오."

그렇게 말하고 탕크레디 공은 머리를 숙이고 슬픔으로 눈물을 흘리기 시작했습니다.

기스몬다는 아버지의 말을 듣자 자기의 은밀한 사랑이 탄로 났을 뿐만 아니라 귀스카르도가 감옥에 갇혔다는 사실을 알고 깊은 슬픔에 사로잡혀 여자들이 다 그렇듯이 눈물을 흘리며 울부짖을 뻔했습니다. 그러나 그녀는 그런 연약한 감정에 사로잡히지 않고 엄숙한 얼굴을 하고는 이미 귀스카르도는 죽었을지도 모른다고 생각하자 차라리 나도 그를 따라 죽어 버리는 게 낫겠다고 생각했습니다.

그리하여 슬픔에 빠져 있는, 그리고 잘못을 힐책당하고 있는 여자 답지 않게 당당하게 조금도 당황하는 티를 보이지 않는 태연한 얼굴로 부친에게 이렇게 말했습니다.

　"아버지, 저는 이번 일에 대해서 어떤 변명도 하지 않겠습니다. 그리고 아버지께 관대하게 용서해 달라고 매달리고 싶지 않습니다. 하지만 솔직히 말씀드려 우선 올바른 이유로 저의 명예를 지키고, 다음에는 제가 품위를 더럽히지 않았음을 보여드리려고 합니다.

　제가 귀스카르도를 사랑한 일, 그리고 지금도 사랑하고 있는 것은 틀림없는 사실입니다. 그리고 저의 목숨도 그다지 길지는 못하겠지만 살아있는 한 그를 영원히 사랑할 것입니다. 만약 죽어서도 사랑할 수 있다면 저에게는 그를 사

랑하는 일밖에 남겨져 있지 않습니다.

어쨌든 이러한 일이 생긴 것은 제가 여자로서 연약해서가 아니라 제 결혼에 아버지의 마음씀이 부족했던 까닭입니다.

아버지, 아버지도 육신의 몸을 입은 이상 육신의 몸인 딸을 낳으신 분이 아니십니까. 아버지는 이제 이미 연로하셨지만 어떻게 왕성하게 청춘의 힘이 솟아오르는지 아시고 계실 것이며 느끼신 적도 있으리라고 생각합니다.

저 또한 아버지의 자식으로 살아 있는 육체를 지니고 있으며, 게다가 젊습니다. 그래서 욕정을 참을 수 없었던 것입니다. 특히 저는 한번 결혼했던 몸이니 만큼 그 욕정을 채우는 일이 얼마나 즐거운가를 잘 알고 있습니다.

저와 같이 젊은 여자의 몸으로서는 그 강렬한 충동을 억제할 길이 없어 감정이 끌리는 대로 몸을 맡겨 사랑에 빠지고 말았던 것입니다.

하지만 저도 그러한 인간의 천성에 마음이 이끌린 것을. 아버지에게는 수치가 되지 않도록 주의에 주의를 기울였습니다. 그리하여 동정심 많은 사랑의 신과 자비로운 운명의 신이 저에게 비밀의 샛길을 가르쳐 주셨던 것입니다. 그래서 저는 누구에게도 들키지 않고 소망을 이루었지요. 그것에 대하여 아버지께 누가 알려드렸는지 또는 아버지가 어떻게 아셨는지 그것은 알고 싶지 않습니다.

저는 다른 여자들이 그러는 것처럼 우연히 귀스카르도를 고른 것은 아닙니다. 생각하고 생각한 끝에 누구보다도 훌륭한 사람이라고 여겼기에 그를 택했던 것입니다.

아버지는 제가 사랑의 죄를 범한 것뿐만 아니라, 귀족이 아닌 신분이 낮은 자와 사랑을 했다고 심하게 저를 꾸짖고 계시는 것 같습니다. 그렇듯 아버지가 지금 꾸짖고 계시는 것은 저의 죄가 아니고 운명이라는 것을 아버지께서는 깨닫지 못하고 계십니다.

운명이라는 것은 품격 없는 자를 높이 떠올리고 정말로 품격 있는 자를 낮은 자리로 떨어뜨리곤 합니다.

그러나 지금은 그런 일은 제쳐두고라도 우리들은 모두 똑같은 육체로 되어 있고 같은 한 창조주에 의하여 마음이라는 것이 모두 같은 힘, 같은 재주, 같은 덕으로 만들어져 있다는 것을 아실 것입니다.

이같이 평등하게 태어났고, 그리고 앞으로도 평등하게 태어날 우리들을 구별짓는 것은 우선 그 마음의 덕입니다. 그리고 그 마음의 덕을 많이 소유하고 그 힘을 발휘하는 자가 고귀한 사람이라 불리는 것이고 그렇지 않은 자는 고귀한 사람이 되지 못했던 것입니다.

아버지께서 말씀하시는 모든 귀족들의 덕이나 품성이나 태도를 잘 생각해 보세요. 그리고 한편으로 귀스카르도의

그것들과 잘 비교해 보세요.

만약 아버지가 아무런 미움도 갖지 않고 판단하신다면 그이야말로 세상에서 가장 귀족적인 사람이며, 지금 귀족이라는 자들이 오히려 천하다고 여겨질 겁니다.

귀스카르도의 덕과 품격에 대해서 저는 아버지 말씀과 제가 본 판단 이외에 그 누구의 판단도 믿지 않았습니다. 그가 남보다 뛰어났기 때문에, 그를 품위 있는 사나이라고 아버지만큼 그를 칭찬한 분이 또 있을까요? 그것은 분명 잘못된 것이 아닙니다. 비록 아버지가 그에 대해서 어떤 칭찬의 말도 하시지 않았더라도, 제 눈은 저를 속이지 않았습니다.

만약 제가 지금 조금이라도 속고 있는 것이라면 그것은 아버지 탓이겠지요. 그래도 아버지는 끝까지 제가 신분이 낮은 자와 관계를 맺었다고 말씀하시겠습니까? 그렇다면 아버지는 진실을 말씀하시지 않는 것이 됩니다.

지금 아버지의 마음은 동요하고 있습니다. 즉 저를 어떻게 하면 좋을지 최후의 결정을 두고 망설이고 계십니다. 하지만 그런 망설임은 모두 버려 주십시오. 아버지는 젊었을 때에도 사용하시지 않았던 것을, 그 잔혹한 형벌을 내리시려고 지금 결심하셨으니까요. 그러니 혹독한 벌을 내려 주십시오.

만약 이것이 죄라면 저는 최대의 죄를 범한 셈이니 그 어떤 결정에 대해서도 애원하지 않겠습니다. 아버지께서 귀스카르도에게 이미 취하신 아니면 이제부터 하시려는 결정과 같은 것을 제게도 똑같이 하시지 않는다면 저는 제 손으로 그것을 실행해 보일 것을 분명히 말씀드립니다.

자, 이젠 나가 주세요. 그리고 저희가 한 일이 그 죄에 해당된다면 단번에 그분과 저를 잔혹히 죽여 주세요."

탕크레디 공은 딸의 마음을 알았습니다. 그렇다고 해서

딸의 말투만큼 결심이 굳으리라고는 생각하지 않았습니다. 그래서 딸의 곁을 떠나면서 잔혹한 벌은 그만두고 딸의 불타는 듯한 사랑에 다른 벌을 주겠다고 생각했습니다.

그리하여 귀스카르도를 감시하고 있던 부하에게 오늘밤 몰래 그를 목졸라 죽이고 그 심장을 빼내어 가져오도록 명했습니다. 그 일은 곧 실행되었습니다.

다음날 아침, 탕크레디 공은 아름답고 커다란 황금잔을 가져오게 하여 그 안에 귀스카르도의 심장을 넣고 심복 부하에게 명하여 딸에게 보내도록 했습니다.

한편 기스몬다는 자기의 냉혹한 결심을 바꾸지 않고 독초와 유독한 나무 뿌리를 구해 그것을 달여서 독약을 만들고 자기에게 뜻하지 않은 일이 생기면 단번에 마시려고 결심을 단단히 하고 있었습니다.

얼마 후 아버지의 부하가 와서 황금잔을 내밀자 그녀는 굳은 표정으로 그것을 받았습니다. 그녀가 조심스레 뚜껑을 열자 그 안에는 심장이 들어 있었습니다. 그녀는 그것이 귀스카르도의 것이 틀림없다고 확신했습니다.

"그 속에 있는 이 심장에 알맞은 것은 황금의 잔 이외에는 없습니다."

그녀는 입술을 갖다 대어 심장에 키스했습니다.

"나는 평소에 나의 목숨이 다하는 날까지 무슨 일이든 내게 정성을 기울여 주신 아버지의 사랑에 한없는 고마움을 느끼고 있습니다. 그러므로 아무래도 말씀드려야 할 최후의 감사는 이러한 훌륭한 선물에 대한 보답의 마음인 것 같습니다."

그렇게 말하고 그 잔을 꼭 껴안고 그의 심장을 바라보면서 다시 말했습니다.

"아아! 나의 모든 기쁨의 정다운 집이여, 내 눈으로 그것을 바라보게 만든 자의 잔혹함에 저주있으라!

나는 평소 마음의 눈으로 이 정다운 집을 보아 왔습니다. 이제 그대는 그 생명을 다하였습니다. 그리고 운명이 정하는 생명의 길에서 해방되었습니다. 누구나가 도달하는 길의 끝에 다다랐습니다. 그대는 이 세상의 비참함과 노고를 뒤로하고 그대에게 알맞은 땅을 그대의 적에게 선물 받았던 것입니다.

그대가 살아있을 때 그토록 사랑한 여인의 눈물이 없었더라면 그대의 장례를 다할 수는 없습니다. 그러므로 그대가 나의 눈물을 받을 수 있도록 신은 저 잔혹한 아버지 마음속에 그대를 내게로 보내게 하는 마음을 품게 해 주었던 것입니다.

그러므로 나는 눈물을 흘리지도 않고 어떤 일에도 동요됨이 없이 태연한 얼굴로 죽으려고 마음먹었던 것이었는

데, 그대를 위하여 이제야 말로 눈물을 맘껏 흘리겠습니다. 그리고 주저하지 말고 나의 영혼이 지금까지 깨끗이 간직하고 있던 그대의 영혼과 결합되도록 해 주십시오.

그대의 영혼과 함께라면 나는 어디든지 기꺼이 길동무가 되어 드리리라. 반드시 그대의 영혼은 아직 이 속에 있어 그대와 나의 기쁨의 장소를 바라보고 있을 것입니다. 그대의 영혼은 나의 영혼으로부터 더없이 사랑을 받았으니 내 영혼이 그대에게 가기까지 기다려 주십시오."

이렇게 말하며 그녀는 놀라울 정도로 침착하게 죽어 있는 심장에 몇 번이고 키스를 하며 눈물을 흘렸습니다. 아마 보통 여자라면 통곡을 하며 울었을 것입니다.

주위에 있던 하녀들은 그것이 누구의 심장인지, 그녀의 말이 무엇을 의미하고 있는지 전혀 몰랐으나 괜스레 슬퍼져 따라 울고 말았습니다.

그녀는 눈물을 닦고 계속해서 말했습니다.

"오오, 정다운 나의 심장이여, 그대에 대한 나의 소임은 이제 완전히 끝났습니다. 나에게는 이제 할 일은 아무것도 남겨져 있지 않습니다. 이제는 나의 영혼과 그대의 영혼이 하나로 되는 일뿐입니다."

잠시 후 그녀는 전날 만들어 두었던 독약이 든 단지를 가지고 오더니 심장이 들어 있는 잔 속에 그 독약을 부었습니다. 그리고 단숨에 그것을 들이켜 잔을 비우고 잔을 손에 든 채 침대 위로 올라갔습니다. 그리고는 몸 자세를 단정히 하고 자기 심장 위에 귀스카르도의 심장을 가까이 대고 조용히 죽음을 기다렸습니다.

하녀들은 이 모양을 보고 그녀가 마신 것이 무엇인지 알 수는 없었으나 모든 일을 탕그레디 공에게 알리러 사람을 보냈습니다.

탕크레디 공은 까무러칠 듯이 놀라 딸의 방으로 곧 달려왔습니다. 하지만 이미 때가 늦어 어떻게 손을 써 볼 수도 없었습니다. 딸의 죽음이 가까워졌음을 알고 가슴을 쥐어뜯으며 울부짖었습니다.

그러자 그녀는 아버지에게 말했습니다.

"아버지, 눈물은 이런 일보다 더 불행한 일이 생길 때까지 참아두세요. 저 때문에 눈물을 흘리지 마세요. 저는 그런 눈물을 바라지 않으니까요. 하지만 제게 베풀어주신 애정이 조금이라도 남아있다면 저와 귀스카르도가 남의 눈을 피하며 살아온 것이 못마땅하더라도 최후의 선물로 아버지가 그의 시체를 버리신 곳에 저의 시체를 함께 묻어주시기를 부탁합니다."

탕크레디 공은 가슴이 쥐어뜯기는 것 같은 슬픔으로 말을 할 수가 없었습니다. 그녀는 드디어 자신의 죽음이 다가

온 것을 알고 연인의 심장을 가슴에 꼭 껴안고 말했습니다.

"부디 행복히, 안녕…"

그렇게 그녀의 슬픈 생명은 이 세상에서 사려져 갔습니다.

이렇게 귀스카르도와 기스몬다의 사랑은 비극적인 종말을 고했습니다. 탕크레디 공은 두 사람의 죽음을 슬퍼하고 자기의 처사를 매우 후회했습니다.

후에 그는 두 사람의 사랑을 찬양하여 시체를 같은 무덤에 장사지내 주었다고 합니다.

Giovanni Boccaccio

스물 세 번째 **이야기**

옛날 시에나에 이름이 리날도라고
하는 가문도 좋고 매우 잘 생긴 청년이 살고 있었습니다.
그런데 그는 매우 아름다운 아녜자라는 이웃의 어느 부인에
게 뜨거운 연정을 품고 있었습니다.

그는 다른 사람의 의심을 받지 않고 부인과 얘기를 나눌
수만 있다면 자기가 품고 있는 욕망을 쉽게 채울 수 있을 거
라고 자신만만했지만 그럴만한 기회가 쉽사리 찾아오지 않
았습니다.

그때 부인은 임신 중이었으므로 그는 어떻게 해서든 그
태어나는 아이의 대부가 되어야겠다고 생각했습니다. 그래

서 그녀의 남편과 애써 친해져 가장 적당하다고 생각되는 방법으로 아기의 대부가 되고 싶다는 뜻을 비추어 결국 그렇게 하기로 하였습니다.

리날도는 아기의 대부가 되어 부인과 대화할 훌륭한 구실이 생겼으므로 용기를 내어 자기의 마음을 고백하게 되었습니다. 그런데 고백을 들은 부인은 별다른 반응을 보이지 않았습니다.

부인에게 충격을 받아서 인지 그 뒤로 리날도는 수도사가 되어 수사 생활을 시작했습니다. 처음 수사가 되었을 당시 아녜자 부인에 대한 연정이나 그 밖의 세속적인 일에 대해서는 얼마간 머리 속에서 사라졌습니다.

그런데 시간이 흐름에 따라 수도사라는 신분에도 아랑곳하지 않고 다시 옛날 기분으로 돌아가 옷을 비롯하여 그가 가진 물건 모두를 값진 것으로 치장하는 등 호화로운 생활을 하였습니다. 그리고 칸초네, 소네트, 무용시 등을 짓기도 하고 또 자신이 직접 부르기도 했습니다.

하지만 이런 행동은 리날도에게만 국한된 것은 아니었습니다. 수도사라는 자들은 모두 비곗살이 쩌서 배가 튀어나오고, 얼굴에는 화장을 하고, 비단옷을 입고 호화로운 장식물을 몸에 지니는 것을 조금도 부끄럽게 생각하고 있지 않았습니다. 그리고 기세가 당당한 수탉처럼 볏을 세우고 오만 무례하게 거리를 활보하며 다녔습니다.

게다가 더욱 기가 막힌 것은 그들의 방에는 화장용 연고
나 유약이 가득 들어 있는 항아리며, 각종 과자가 들은 상
자, 증류수, 기름을 담은 병, 주둥이가 좁은 단지, 값비싼
포도주가 담긴 항아리가 놓여 있어, 보는 사람의 눈에는 수
도사의 방이라기보다 마치 고급 술집이나 향료품 가게처럼
보였습니다.

또한 그들은 자기들이 관절염 환자라는 사실이 남에게
알려져도 수치로 생각하지 않으며 또 단식이나 영양가 있는
적은 양의 음식물과, 절도 있는 생활이 몸의 살을 빼고 가
장 건강에 좋다는 것을 세상 사람들이 알지 못한다고 생각
하고 있었습니다.

또 그들은 검소한 생활과 철야의 공부와 기도와 종교상
의 규율에 복종하는 일이 안색을 창백하게 만들며, 사람들
로 하여금 동정심을 일으키게 한다는 것을 세상 사람들이
모르는 줄 알고 있었습니다.

또한 성 도미니쿠스나 성 프란체스코가 네 벌 이상의 법
의를 갖고 있지 않았으며, 또한 섬유에 물들여서 짠 양모지
나 그 밖의 보드라운 옷감을 몸에 걸치지 않았으며, 거친
털로 짠 옷감은 장식하기 위해서가 아니라 다만 추위를 막
기 위해서 입고 있었다는 사실을 세상 사람들은 모르고 있

는 줄로만 알고 있었습니다.

신이여, 원하옵건대 이와 같은 일에 높으신 은총을 베푸소서. 오로지 살이나 찌는 단순하고 소박한 사람들의 마음에 높으신 배려를 아끼지 마소서.

리날도는 다시 옛날 기분으로 돌아가 아녜자 부인에게 사랑을 고백하였습니다. 그러는 동안 점점 대담해져서 가슴에 품고 있는 욕망을 부인에게 호소하기 시작했습니다.

선량한 부인은 이와 같은 끈질긴 구애를 받는 동안에 수도사 리날도가 전에 생각했던 것보다는 잘 생겼다고 느끼게 되었습니다. 그리고 그로부터 너무나 시달림을 받다보니 다른 여자들도 으레 그렇듯이, 남자가 간절히 원하면 허락할 마음이 드는 것처럼 그녀도 그런 마음이 들기 시작했습니다.

"어머나! 리날도 님, 수도사직에 있는 분이 그런 생각을 해도 되는 건가요?"

그러자 수도사 리날도는 대답했습니다.

"부인, 이 수도복 따위를 벗어버리는 것은 간단합니다. 그렇게 하면 나는 수도사가 아니라 여느 사람과 똑같은 한 남자에 불과하지요."

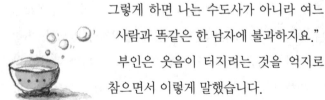

부인은 웃음이 터지려는 것을 억지로 참으면서 이렇게 말했습니다.

"정말 어처구니가 없군요. 당신은 내 아들의 대부가 아닙니까. 그런 일이 어떻게 있을 수 있겠어요. 그건 아주 나쁜 짓이에요. 나는 그것이 중죄가 된다는 말을 자주 들었습니다. 하지만 그것이 죄가 되는 일이 아니라면 원하시는 바를 받아들이겠어요."

그러자 리날도가 말했습니다.

"그 따위 이유 때문에 허락하지 않는다면 당신은 바보입니다. 나는 그것이 죄가 아니라고는 말하지 않겠습니다. 하지만 신께서는 후회하는 자는 용서하십니다. 그런데 당신 아들의 대부인 나와 친아버지인 당신 남편과 어느 쪽이 아드님과 더 친밀한 관계인지 한번 말씀해 보시죠."

"그거야 내 남편이지요."

"그렇습니다. 그래서 당신의 남편은 당신과 같이 잠자리에 드십니까?"

"네, 언제나…"

"그렇다면 비록 내가 당신의 남편보다 아드님과 친밀하지 못하다고 해도 나는 의당 주인과 마찬가지로 당신과 같이 잘 수 있는 것 아니겠습니까?"

부인은 그런 논리 따위는 알지도 못했고 마음을 변경시킬 필요도 없었지만 리날도의 말이 그럴 듯하다고 생각했습니다.

"당신의 현명한 말씀을 반박할 자가 있을까요?"

이렇게 하여 대부라는 관계임에도 불구하고 부인은 그의 소원대로 몸을 맡겼습니다. 그것은 한 번만으로 끝나지 않고 사람들이 의혹의 눈으로 보지 않는 대부라는 이름 뒤에 숨어 자주 밀회를 즐기고 있었습니다.

그런데 어느 날 일이 생기고 말았습니다. 리날도가 부인의 집으로 찾아가니 예쁘고 아주 귀엽게 생긴 젊은 하녀와 아기 외에는 아무도 집에 없었으므로, 데리고 간 수도사더러 그녀에게 기도문을 가르쳐 주도록 하여 같이 다락방으로 쫓아 올려보내고, 자기는 자고 있는 아기를 안고 부인의 침실로 들어갔습니다.

그는 서둘러 아기를 침대에 눕힌 뒤 문을 잠그고 방에 있는 안락의자 위에서 부인과 몸이 엉킨 채 뒹굴고 있었습니다.

이렇게 하고 있을 때 남편이 온 것입니다. 그는 부인의 침실 입구로 가서 문을 두드리며 그녀의 이름을 불렀습니다.

아녜자 부인은 노크 소리를 듣고 깜짝 놀라며 말했습니다.

"야단났군요, 남편이 돌아왔어요. 이제 꼼짝없이 우리의 일이 발각되고 말 거예요."

그때 리날도는 외투도 두건도 벗고 속옷만 입고 있었는데 그녀의 말을 듣더니 이렇게 대답했습니다.

"정말 그렇겠군. 옷이라도 입고 있다면 어떤 식으로든

얼버무리겠지만, 주인이 문을 열어 이 모양을 보는 날에는 어떤 변명도 소용없겠지요."

그러자 부인은 언뜻 좋은 생각이 떠올랐는지 이렇게 말했습니다.

"어서 옷을 입으세요. 다 입거들랑 아기를 껴안고서 내가 남편에게 하는 말에 적당히 장단을 맞춰 주세요. 뒷일은 내게 맡기고요."

남편은 계속 문을 두드리고 있었습니다. 부인은 문을 향해 대답했습니다.

"지금 열어요."

그렇게 말하고 문을 열면서 웃는 낯으로 남편을 맞아들였습니다.

"여보, 대부님이신 리날도 님이 와 계셔요. 하느님께서 보내신 거예요. 글쎄 그 분이 오시지 않았더라면 오늘 우리 아기는 목숨을 잃을 뻔했지 뭐예요?"

착하고 순진한 남편은 그 말을 듣자 금방 새파랗게 질리며 말했습니다.

"아니, 왜?"

"조금 아까 갑자기 아기가 경련을 일으켰지 뭐예요. 나는 죽는 줄 알았어요. 만약에 리날도 님이 오시지 않았더라면 나는 어떻게 해야 할지 몰랐을 거예요.

리날도 님은 아기의 어깨를 껴안고 내게 이렇게 말씀하셨어요. '부인, 아기 뱃속에 벌레가 생긴 겁니다. 만약에 벌레가 심장에까지 기어올라가면 목숨이 위태롭습니다. 그러나 내가 기도문을 외워 벌레를 모조리 죽일 테니 걱정일랑마십시오. 내가 여기서 나가기 전에 아기를 전보다 더 튼튼하게 만들어 놓겠습니다.' 그래서 기도를 드리는 데 당신이집에 계시지 않아서 우리 집 하녀더러 가장 높은 다락방에올라가 기도를 드리도록 일러 함께 오신 신부님과 같이 올려 보냈습니다. 그리고 리날도 님과 나는 이 방에 들어왔던것입니다.

이같은 성사에는 타인이 끼면 방해가 되므로 아기와 엄마만 들어오라고 하더라구요. 그래서 방문을 잠근 거예요.

리날도 님은 아직도 아기를 안고 계십니다. 함께 오신 신부님이 기도를 끝마치기까지 기다리시는 모양이에요. 아기는 완전히 정상으로 돌아왔으니까 걱정하지 마세요."

착하기만 한 남편은 어린아기에 대한 사랑으로 가슴이메어져 아내의 새빨간 거짓말을 의심하기는커녕곧이곧대로 믿고 크게 한숨을 쉬며 말했습니다.

"우리 아들이 정말 괜찮은지 봐야겠군."

"안돼요, 지금 들어가서는 안 됩니다. 잠깐만 여기서 기다려 주세요. 들어가서도 좋을 때를 내가 알려 드릴 테니까요."

부인의 능숙한 연기에 리날도는 천천히 옷을 입을 수 있었으므로 아기를 안고 만반의 준비를 다 갖춘 다음 부인을 불렀습니다.

"부인, 주인 어른의 목소리 아닙니까?"

"네 그렇습니다."

"안으로 들어오셔도 괜찮습니다."

남편이 들어오니 리날도가 말했습니다.

"신의 은총으로 원기를 회복한 아기를 받으십시오. 조금 전까지만 해도 당신이 저녁에 돌아와 살아있는 아기를 보시지 못하리라 걱정했습니다만, 신께서 은총을 내려주셨으니 감사하십시오."

어린 아기는 아버지를 보자 재롱을 부렸습니다. 아버지는 아들을 껴안고 눈물을 흘리면서 무덤에서 데려 오기라도 한 듯이 연신 입을 맞추며, 어린 아기를 낫게 해준 대부에게 감사의 말을 늘어놓았습니다.

한편 리날도가 데리고 온 수도사는 귀여운 하녀에게 기도문을 하나가 아니라 네 개 이상이나 가르쳐 주고, 가죽지갑을 그녀에게 주었습니다. 그리하여 열렬한 자기의 신자로 만들어 버렸습니다만, 부인이 자기 침실로 남편을 불러들이는 소리를 듣자 그 방에서 일어나는 일을 모두 듣고 볼 수 있는 장소까지 살그머니 내려왔습니다.

그리고 모든 일이 무사히 끝난 것을 알았으므로 아래로 내려와 부인의 침실에 들어가자 이렇게 말했습니다.

"리날도 님, 당신께서 지시한 네 개의 기도를 전부 외웠습니다."

그 말에 대해 리날도가 대답했습니다.

"참 수고가 많았습니다. 나는 주인 어른이 돌아오셨을 때 아직 두 개밖에 외우지 못했었는데. 그러나 그대와 나의 노력으로 인하여 신께서 은총을 베푸시어 아기는 원기를 회복했습니다."

신앙심 깊은 남편은 고급 포도주와 과자를 가져오게 하여 아들의 대부와 동행한 수도사에게 감사의 환대를 베풀었습니다. 그것은 그때의 두 사람에게는 무엇보다도 좋은 대접이었습니다. 그리고 그는 두 수도사가 돌아갈 때 집 앞에까지 나와 친절하게 전송했습니다.